Auf gut Schwäbisch

s' Kindergöschle

Auf gut Schwäbisch

s' Kindergöschle

Für Einheimische und Reigschmeckte

Mit Illustrationen von
Peter Ruge

STUTTGARTER NACHRICHTEN

belser

Inhalt

Liebe Leserinnen, liebe Leser, liebe Schwaben, liebe Reigschmeckte,

„D' Kinder ond d' Narra saget die Wahrheit". Wenn dieser Satz stimmt, woran kein Zweifel besteht, dann liegen nicht weniger als 112 Seiten reinster Wahrheit vor Ihnen. Die hier erzählten Geschichten und Gschichtla entstammen nämlich allesamt dem schwäbischen Kindergöschle oder vielmehr einem ganzen Chor schwäbischer Kindergöschla. Und für die gilt: In bambino veritas!

Unser Dank gebührt den Leserinnen und Lesern der Erfolgsserie „Auf gut Schwäbisch", die diese Gschichtla aufgeschrieben und uns für unsere Dialektserie zur Verfügung gestellt haben, die seit 2009 täglich in den „Stuttgarter Nachrichten" und ihren Partnerzeitungen erscheint. Nun ist sogar ein ganzes Buch daraus entstanden, das etliche bisher unveröffentlichte Kindermund-Beiträge enthält. Es ist übrigens das sechste in der Reihe der „Auf gut Schwäbisch"-Bücher.

Die hier abgedruckten Gschichtla sind nicht nur wahr, sie sind auch herzerfrischend direkt. Oder wie sollte man sonst die Antwort eines Buben bezeichnen, der auf die Frage der Hebamme, ob er sich über sein neues Schwesterle freue, die Antwort gab: „A Fahrrädle wär mir liaber gwea!"

Natürlich reimen sich Kinder auch vieles zusammen – sie folgen dabei jedoch stets den Gesetzen der Logik, wie das Beispiel des offensichtlich sehr praktisch veranlagten Buale zeigt, das seinen Vater mit dem Satz überraschte: „Babba, i woiß jetzt, worom mr zo dir Babba sait – weil du emmer älles wieder bäbbsch."

Sie sehen schon: Dieses Buch soll Ihnen Freude bereiten und Sie zum Lachen bringen. Dazu tragen auch die Illustrationen von „Auf gut Schwäbisch"-Zeichner Peter Ruge bei, der unsere Serie mit seiner Zeichenkunst und seinem Witz von Anfang an begleitet.

Genießen Sie's – oder wie man auf gut Schwäbisch sagt: Gebrauchet's gut!

Christoph Reisinger
Chefredakteur Stuttgarter Nachrichten

Jan Sellner
Ressortleiter Stuttgart und Region

Drhoim

Kindle, Kindle – mit dr Kinderstrub' fängt älles a

s'Briaderle aiwecka

Heidrun Hölzlsauer aus Nürtingen hat diese Anekdote aufgeschrieben:

„A kloener Bua stolpert ens Kenderzemmer, en dem no a Baby schläft. Als 'r wieder rauskommt, sagt sei Mama: ‚Du hosch doch jetzt hoffentlich dai Briaderle net aufgweckt.' ‚Doch', moint dr Kloine, ‚aber i han en glei wieder aigweckt.'"

's Bäsle ond's Bäsle

„Bei uns nennt man die Kusine Basa. In ihrer Jugend ist sie das Bäsle", erklärt ein Leser. „Und der Besen heißt Bäsa, und der kleine Besen a Bäsle. So viel vorweg. Unsere Tochter hatte ein Bäsle zum Kehren. Beim Besenreiten ging es kaputt. Wenig später bekam die Schwester meiner Frau ein Mädchen. ‚Jetzt hasch a Bäsle', sagte meine Frau zu unserer Tochter. Ihre Antwort: ‚Noi, 's Bäsle isch he'."

Der geschwollene Himmel

Margrit Mütschele berichtet von einer Begebenheit mit ihrer Tochter: „Wenn ich in der Küche arbeitete, schaute meine Tochter Steffi (damals drei Jahre alt) gerne vom kleinen Küchenbalkon im dritten Stock auf die spielenden Kinder im Garten hinunter. Eines Tages ging sie wieder zum Balkon, rannte dann entsetzt zu mir in die Küche und rief: ‚Mama, der Himmel ist ganz geschwollen!?' Die Auflösung: Es war damals sehr nebelig, und man konnte nichts sehen."

Ja wo isch se denn ...?

„Mein Lieblingsonkel bekam Besuch von seinen beiden Enkeln", schreibt Heidi Neumann aus Schwäbisch-Gmünd-Straßdorf: „Die kleine Stefanie lag in der Tragetasche auf dem Boden. Onkel Bruno: ‚Ja wo isch denn mei Stefanie, ja wo isch denn mei Stefanie?' Da stupfte der große Bruder meinen Onkel und sagte ganz erstaunt: ‚Opa, do hanna isch se doch!'"

Teig mit Schuhen

Gerda Hantschel erzählt: „Früher wurden in den bäuerlichen Küchen Herd und Backofen befeuert. Daneben befand sich der Wasserbehälter, der in den Herd integriert war – so hatte man ständig warmes Wasser, weil das Feuer im Winter auch zum Heizen der Küche diente. Unter den Herd wurden die nassen Schuhe gestellt, damit sie trocknen konnten. Einmal machte die Hausfrau vormittags eine große Schüssel mit Hefeteig für einen Zopf und stellte diese an den Herd. Dann widmete sie sich der anderen Hausarbeit. Als ihr Junge von der Schule kam, bat sie ihn darum, er möge nachsehen, ob der Teig schon gegangen sei. Er lief zum Herd und rief laut aus: ‚Mama, komm schnell, dr Doig zieht schau d'Schua aa!'"

Wäsche baden

Von Horst Bauer aus Aidlingen stammt diese Geschichte:

„Es war ca. 1955. Wir wohnten damals in einem sogenannten Selbander-Haus (Häuser, die zwei Besitzer hatten). Unsere Mutter hatte Waschtag und war in der Waschküche. Mein kleiner Bruder, damals vier Jahre alt, begegnete im Hausgang unserem ‚Hausweib', wie wir sie nennen durften. Er wollte ihr berichten, was unsere Mutter gerade machte, indem er zu ihr sagte: ‚Hausweib, mei Mama duat heit Wesch' bada!'"

Creme für das Haus

„Wir bauten 1961/62 unser Haus", schreibt Irmgard König aus Ehningen. „Früher war es so, dass der Außenputz erst später angebracht wurde, wenn das Geld nicht für alles reichte. So auch in unserem Fall. Als unsere Tochter vier Jahre alt war, stand unser Haus noch immer unverputzt da. Da fragte sie ihren Vater: ‚Papa, wann duscht du denn endlich amol dei Haus eicrema?'"

Die Tür isch offen

Was tun, wenn Gäste nicht gehen wollen? Die Antwort gibt der Kindermund. Eine Anekdote von Rita Eisenmann aus Waiblingen:

„Martins Eltern bekamen Besuch. Martin, vier Jahre alt, war es furchtbar langweilig. Er hoffte, dass das Ehepaar endlich gehen würde. Doch es blieb. In seiner Verzweiflung kam ihm eine Idee. Er ging auf den Flur hinaus und öffnete die Glastür. Dann kam er zurück und sagte: ‚Sia kennet jetzt ganga, i ha d'Glasdir scho uffgmacht!' Seine Mutter hätte sich am liebsten in ein Mausloch verkrochen."

Das Herz auf der Zunge

Anna Single berichtet: „Meine Kollegin erzählte mir mal, dass ihre Mutter sie darauf hinwies, dass des, was en dr Küche gschwätzt wird, au en dr Küche bleibt!‘ Sie schaute dabei ihre kleine Tochter an, die nur mit den Schultern zuckte. Mit Nachdruck betonte die Mutter: ‚Des gilt vor ällem dir, mei liabs Kend, weil du hosch jo ’s Herz uff dr Zong!‘ Die Mutter wollte damit zum Ausdruck bringen, dass die Tochter nichts für sich behalten konnte.“

Der Heiratsantrag

„D’ Chrischtine und ihr Maa hend gstritta“, erzählt Herta Pfau. „Er hot a Wuat ghett, gschempft ond d’ Türa von außa zuagschlaga. Dees hot dr vierjährige Klaus mitgriagt und zu seiner heulenda Mama gsait: ‚Mama, wenn die dr Papa amol nemme maag, no heiratscht mi!‘“

Früher schlafen!

Heide Naumann aus Schwäbisch Gmünd-Straßdorf zitiert Sprüche ihrer inzwischen längst erwachsenen Kinder:

„Eine Ausrede meines Sohnes Florian, wenn er nicht ins Bett wollte: ‚Mama, komm rauf, i wois gaar nemme, wia du aussiesch!‘“

„Morgens ganz früh wollte er, dass ich aufstehe. Ich erwiderte, dass ich noch müde sei. Darauf gab er mir den Ratschlag: ‚Heddesch halt friar agfanga mit schlofa, no wärsch jetzt ferdig.‘“

Bäume sägen

„Am Wochenende gönnt sich Papa manchmal ein Mittagsschläfchen. Ich sage dann immer: ‚Seid leis, dr Baba sägt Beim ab!‘ Klar weiß Felicitas, dass ich damit sein Schnarchen meine. An einem solchen Sonntagmittag geht das Telefon. Telefonieren ist Felicitas’ größte Wonne. Also hebt sie blitzschnell den Hörer ab. ‚Kann ich mal deinen Papa sprechen?‘, fragt jemand am anderen Ende der Telefonleitung. ‚Mei Baba hot grad koi Zei, der sägat grad lauter Beim ab!‘, sagt Felicitas und legt auf.“

Ein aufgewecktes Bürschle

Irmgard Abt verweist auf ein Gedicht des Mundartautors Karl Lohmiller:

Mer wisset älle, d' Kender send a Sega,
drom duat mei' Freind au d' Kenderla so möga,
a ganz netts Trüpple hot'r scho beinander,
ond emmer ischt ois netter als wia's ander.

Gscheid send se au ond liab dr'zua,
dr Hellschte aber ischt sei ältschter Bua.
„Du Weib, wem schlächt denn der au noch?"
„Dir gwiss et, Ma', sell glaubst mer doch!"

Des Bürschle grotet oifach prächtich,
ond zähla ka des Schlaule scho' uf sechzich,
manchmol sogar au drüber naus,
wenn 's weiter goht, no kommt 'r draus.

Sei Vatter duat amol
vom Schlof ufwacha,
er sott – i sag's, wia 's ischt –
a Wässerle macha,
zu dem Zweck hot
mer sonscht
a Extrakabinett,
zur Abwechsleng be-
nutzt er 's desmol net.

's ischt kalt, er möcht den Gang verspara,
drom nemmt 'r heut a abgekürzt' Verfahra,
zu was han i, secht sich, der guate Ma',
dui Tulp aus Meißener Porzla'?

Ond zuadem könntet d' Kenderle nex höra,
em Schlofa lässt des Völkle sich net störa,
se liegat mollich, warm en ihrem Neschtle,
für dui kloi Bande wär jo des a Feschtle.

So denkt mei' Freund und bsorgt sei Sächle,
ganz frisch ond monder plätschert 's Bächle,
bloß hot 's a bissle arg lang dauert,
sei Büable wacht dra' uf ond lauert.

Des Lemple hot sich
net verregt, bis no sei Vatter
sich ens Nescht nei'glegt.
Uf oimol hot dr kloine Spitzbua
gröhlt: „Au Papa – bis uf neu-
nasechzich hane zählt!"

I ben fai net do

Hans-Günter Raub aus Leinfelden-Echterdingen erzählt: „Es war Mitte der Achtzigerjahre. Mir sen grad beim Nachtessa gsessa, als des Telefo gschellt hot. Mei Tochder Sina – fenf Johr alt – isch uffgschbronga ond Richdung Telefo gsaut. I han so vor mi no gsagt, ‚i ben fai net do'. Des hot d' Sina mitgriagt ond zum Orufer gsagt: ‚Noi, mai Vadder isch net do. ‚Wann kommt er denn wieder?', frogt die Stimm am Telefon. Net vorschrogga ruaft Sina Richdong Essdisch: ‚Babba wann kommsch Du wieder?' Aschließend han i dann doch dr Hörer gnomma ond mir hen herzhaft glacht."

I schlof!

H. Oppenländer aus Aspach erzählt: „Als einmal ein Hausierer – meine Großmutter sprach von ‚Ommeratretern' – an die Tür klopfte, öffnete der Bub die Tür und sagte zu ihm: ‚Bei ons isch heut nehmr do. Mei Leut bachet, ond i schlof.'"

Schwäbisches Eckle

Von Annegret Wild stammt diese kleine Geschichte: „Als ich meine Schwester besuchte, die vor mehr als 40 Jahren der Liebe wegen nach Kiel an die Ostsee gezogen war, zeigte mir meine kleine Nichte zwei Familienbilder an der Wand und sagte voller Stolz in breitem Schwäbisch: ‚Des isch onser schwäbisch's Eck!'"

BESA
PUTZ-LAPPA
OIMER
BREZL
DES ISCH MEI LIEBLINGSPLÄTZLA!

Verschmähte Hilfe

„Ein Neffe meiner Frau war als Vierjähriger ein Phänomen im Puzzlelegen“, erzählt Horst Bauer. Er legte Puzzle zusammen, die für Ältere empfohlen waren, ohne Hilfe und mit einer großen Ausdauer. Einmal lag er wieder auf dem Fußboden, ein großes Puzzle vor sich. Sein Vater fragte ihn: ‚Alex, kann I dir was helfa?‘ Seine Antwort lautete: ‚Nein!‘ Weil er Schnupfen hatte, zog er immer wieder die Nase hoch, nahm sich aber nicht die Zeit, diese zu putzen. Erneut fragte ihn sein Vater, ob er ihm nicht helfen solle. Da sagte der Kleine schließlich: ‚Du kosch mir höchstens mei’ Rotzglock putza.‘“

Sacktuch in der Tasche

Von Klara Ihringer aus Starzach stammt dieser Beitrag: „Meine fünfjährige Nichte war erkältet und ihre Nase lief. Ich wollte ihr ein Taschentuch anbieten, da sagte sie: ‚I han selber a Sacktuach!‘“

Wäscha? Nie!

„Mein Sohn, fünf Jahre alt, war mit meinen Eltern im TWS-Heim Degerloch“, schreibt Margot Bauer-Nill. „Dort gab es zu der Zeit ein kleines Planschbecken. Als es am Abend nach Hause ging, sagte meine Mutter zu ihm: ‚Deine Mutti muss Dich heute Abend aber wäscha.‘

Darauf sagte er trocken: ‚Wir waschet ons nie‘, und das in voller Lautstärke. Unter den Umstehenden gab es ein Riesengelächter. Meine Mutter fühlte sich blamiert und war sehr verärgert. Hinterher nahm ich meinen Sohn zur Seite und sagte: ‚Wir baden doch jeden Abend.‘ ‚Ja baden‘, sage er, ‚des isch doch net gwäscha!‘ Das ist jetzt 45 Jahre her.“

Willscht du au a Weckle?

Eine „Bettel"-Geschichte von Anneliese Walk aus Stuttgart:

„Es war circa im Jahr 1932. Meine Hausfrau, Frau Straub, hatte zwei nicht schulpflichtige Kinder, und jeden Mittag kam ein Nachbarskind zum Spielen dazu. Von ihrer Mutter bekam dieses Nachbarmädchen ein belegtes Brot mit, dabei sagte sie: ‚Gell Ingrid, dass du mir aber ja nicht bettelst!?' Mittags gab es immer einen Kaba zum Trinken, und die zwei Kinder meiner Hausfrau bekamen stets ein Weckle. Ingrid, das Nachbarsmädchen, schaute sehnsüchtig die Weckle an, aber sie durfte ja nicht betteln. Eines Nachmittags fasste sie sich ein Herz und sagte: ‚Gell, Frau Straub, das ist nicht gebettelt, wenn Sie sagen: ‚Ingrid, willscht du au a Weckle?' Diesen Ausspruch habe ich behalten – ich bin heute 92 Jahre alt.'

Gugelhopf neigfalla!

Eine Kindheitsgeschichte erzählt Margret Kromer aus Stuttgart: „Wir saßen Sonntagmorgen am Frühstückstisch und es gab den beliebten Gugelhopf. Mein Bruder konnte kaum erwarten, bis er ihn essen durfte, und legte sich schon mal ein Stück auf seine Tasse, denn er musste erst noch das Tischgebet aufsagen, das dann so ausfiel: ‚Komm, Herr Jesus Christ, sei unser Gast – Gugelhopf neigfalla! – bescheret hast. Amen.'"

Wo der Kaba herkommt

Gerhard M. Berroth aus Kirchberg an der Murr erfreut uns mit diesem Beitrag: „Mein Sohn bekam als Vierjähriger jeden Morgen seinen Kaba zum Frühstück. Als anschließend sein kleines Schwesterchen gestillt wurde, sah er aufmerksam zu und meinte dann: ‚Gell, aus dr andra Brust kommt Kaba raus?' Eine logische Folgerung!"

’s Mückle em Kaffee

Ernst Seid aus Herrenberg hat uns ein etwa 100 Jahre altes Buch mit schwäbischen Gedichten geschickt: „Herzkirscha“ von Lina Stöhr. Daraus das Gedicht ’s Mückle em Kaffee:

„Mueterle, Mueterle, ach herrje!
’s schwemmt a Muck en meim’m Kaffee,
komm doch schnell und fang se raus,
dui trenkt m’r mein’n Kaffee aus!“

„Fritzle, ei du dommer Bua,
’s Mückle ischt doch z’ klei drzua,
fisch ’s doch mit deim Löffel raus,
trenk dein Kaffee selber aus.“

„Mueterle, Mueterle, guck doch, guck,
vollr Kaffee ischt dui Muck,
guck, vom Kopf bis zu de Füeß,
und ’s Kaffeele ischt so süeß.“

„Fritzle, ei was tuet mr do,
magscht’ Kaffeele selber so?“
„Mueterle, horch, i will dr’s sa’ –
i schleck oifach ’s Mückle a.“

Der Nachtisch

Hildegard Wild aus Stuttgart-Botnang erzählt: „Als Kinder konnten wir uns immer köstlich amüsieren, wenn wir unsere Mutter fragten: ‚Mama, was gibt’s heit zom Nochtisch?‘ Sie sagte dann immer: ‚Heit wird dr Disch nochzoga.‘“

Dr Moschdhahna

Aus den Fünfzigerjahren stammt diese Geschichte – erzählt von Rolf Schippert aus Oberschlechtbach:

„'s Mittagessa stoht uff am Disch. Do merkt dr Vaddr, dass dr Moschtkruag leer isch. Er schickt da Bua en da Kellr na ond saed, er soll 's Kriagle wiedr filla. Dr Bua stelld da voola Kruag uff da Disch na ond saed: ‚Babba ...?' Dr Vaddr schneidat em 's Wort a ond saet: ‚Beim Essa schwätzt mr ed.' Noch a ma Weile saed dr Bua: ‚Babba ...?' Dr Vaddr schneidat am wieder 's Wort a ond saed: ‚I sag dir's zom letschda Mol, beim Essa schwätzt mr ed!' Wo no 's Essa vorbei gwea isch, hod dr Vaddr gsaed: ‚So Bua, jetzt kasch schwätza!' No hod dr Bua gsaed: ‚Babba, i hao da Moschdhahna em Fass ed zuabrocht!'"

Der Geschmack eines süßen Stückle

Rita Eisenmann erheitert uns mit dieser Geschichte: „Die beiden Kinder eines befreundeten Ehepaares – beide gingen noch in den Kindergarten – bekamen eines Tages von ihrer Nachbarin ein süßes Stückle geschenkt. Zu dieser Zeit war ein süßes Stückle noch etwas ganz Besonderes. Als wochenlang kein Nachschub kam, überlegten die beiden, wie sie der Nachbarin, ohne zu betteln, sagen konnten, dass sie gerne wieder ein solches süßes Stückle hätten. Sie überlegten lange. Dann kam Heiner auf die Lösung. Beim nächsten Zusammentreffen sagten sie: ‚Frau Müller, wir könnten wieder einmal den Geschmack von einem süßen Stückle auf unserer Zunge vertragen.'"

Uffs Maul gucka

Hildegard Kemmler aus Großbettlingen erinnert sich an eine Begebenheit von früher: „Meine Mutter war mit einigen anderen Frauen bei einer Nachbarin zu Malzkaffee und Apfelkuchen eingeladen. Als sie dort ins Wohnzimmer kam, saß die kleine Tochter der Nachbarin in einer Ecke und schaute auf den Boden. Meine Mutter fragte erstaunt: ‚Sag' amol, worom guckscht denn ellaweil uff dr Boda?' Da sagte das Mädchen: ‚Mei Muoder hot gsait, i soll de Leit et so uffs Maul gucka. Wenn dr Besuch no a Stickle vom Kucha übriglässt, no kriag i au ebbas.'"

En dr Schul

Dr Lehrer hot's ällamol net leicht – d'Schülr abr au net

Das Wunschkind

„Felicitas besucht voller Begeisterung den Kindergarten", erzählt Gabriele Klink. „Ihr Lieblingsspielplatz ist die Puppenecke: Vater, Mutter und Kind spielen findet sie sehr spannend. ‚Du', fragt dabei einmal ihre beste Freundin Marion, ‚gell, dei Mama isch gar net dei Mama? Du bisch ja bloß adiert.' Felicitas hält abrupt in der Bewegung inne, stemmt ihre braunen Arme in die Seite, legt den Kopf etwas schief und verkündet: ‚Also, des isch so: Mai Mama, die hot mi ausgsucht und isch extra mit dem graußa Flugzeug nach Peru gfloga.' Es folgt eine kleine Pause und triumphierend verkündet sie: ‚Aber dei Mama, dia hot di einfach so nemma miasa.'"

Auf dem linken Auge blind

Marlene Fehrmann, von Beruf Erzieherin, erinnert sich an diese Kindermund-Anekdote:

„Meine Kollegin hat den Kindern eine Geschichte vorgelesen, in der das Wort ‚blindlings' vorkam. Ein Kind fragte: ‚Was isch blindlings?' Worauf ein anderes Kind antwortete: ‚Ha, des woisch doch, der isch auf em linka Aug blind!'"

NOI, DER BRAUCHT KOIN DRIEBEL DU DRIEBELE!

Der Wolf ist da

Wie unerschrocken Kinder sein können, zeigt die Geschichte von Barbara Haug aus Herrenberg:

„Die Kindergartenschwester wusste sie sich nicht anders zu helfen, als einen kleinen Störenfried ins Kämmerle zu stecken. Nach einiger Zeit klopfte sie an und sprach mit tiefer Stimme: ‚Der Wolf ist da und fragt, ob Du nun wieder brav sein willst.“ Da kam die Antwort von innen: ‚Ja, aber freß zerscht d' Schweschter!‘“

Windbeitl

Ein Beitrag von Siegline Bauer: „Der kleine Bub kommt vom Kindergarten nach Hause und verkündet: ‚Du, der Steffen isch krank, der hot Windbeitl (Windpocken)!‘“

Das letzte Kind

„Im Kindergarten wurde früher nach dem Mittagskindi ein Nachhause-Gebet gesprochen“, schreibt Gabriele Klink. „Das Lieblingsgebet war: ‚Breit aus die Flügel beide.‘ Der letzte Satz lautet: ‚Dies Kind soll unverletzet sein.‘ Der vierjährige Bernd betet, versteht diese Zeile aber anders. Er betet lautstark und innig: ‚Dies Kind soll unser letztes sein.‘“

Die Kurbel, die ein Driebel ist

„Bei uns wurde in den Fünfzigerjahren zuhause nur schwäbisch geschwätzt“, berichtet Hedwig König aus Ehningen. „Einmal kam mein Sohn von der Schule nach Hause und zeigte mir sein Aufsatz-Heft: ‚Mama guck mol, iatz hot dui Lehrere mir des Wort ‚Driebel‘ raut onderstricha. Ond iatz hau i en Fehler!‘ Daraufhin musste ich ihm erklären: ‚Ja woasch, uff Hochdeutsch hoaßt ‚Driebel‘ Kurbel.‘

Mama vergessen

Ursula Wamsler aus Waldstetten „fiel ein kleines Geschichtle ein“, dessen Ursprung sie in einem alten Lesebuch vermutet: „Ein kleiner Bub hatte seinen ersten Schultag. Kaum im Klassenzimmer, fing er an zu weinen. Da fragte ihn der Lehrer: ‚Warum weinst Du denn?‘ Die Antwort des ABC-Schützen: ‚I weiß nemme, wia mei Mama aussieht. I will hoim!‘“

Dr Erdbeerschorsch

Für Heiterkeit sorgt der Beitrag von Anni Hajdu aus Gerlingen:

„Dr Fritzle hot zu seira Mama gsait: ‚Du, Mama, osr Frau Lehrare hot gmoint, dass demnächscht dr Erdbeerschorsch zo os en d' Schual komma on ons fotografiera dät!' Uff dess na hot sei Muatr gsait: ‚Bua, des ko et sei. Do stemmt ebbes net! Do muasch noa mol nochfroga.' Woaner no am nächschda Tag vo dr Schual hoimkomma isch, hotr gsait: ‚Mama, du hosch recht ghet. Se hot gmoint: ‚Demnächscht kommt dr Erzbischof ond firmt eich!'"

Leichen im Wasser

„Wir Erwachsene sind uns nicht immer bewusst, dass bestimmte Begriffe den heutigen Schülern nicht mehr geläufig sind“, schreibt Gabriele Klink. „Beim Thema Fisch wurde im Unterricht naturgemäß auch über das Thema Vermehrung gesprochen – es ging um das ‚Laichen‘. Ein Erstklässler verwechselte den ihm unbekannten Begriff mit der Leiche aus dem Krimi. Jedenfalls berichtete er seinen erstaunten Eltern: ‚Heit han e äbbas tolles glernt: Dia Fisch legat em Wassr Leicha ab, om sich zu vermehra!‘“

’s Kanonaliad

Im Kanonaliad des Mundartdichters Ernst Keppler (1879–1936) spricht ebenfalls der Kindermund.

Dr Schulrat hot di Kleine prüft,
’s isch älles nobel gloffa;
Drom macht’r en zom Schluss a Freud,
weils Senga isch no offa.

„Ihr habt heut alles gut gemacht,
drum dürfet ihr noch singen!
Wer weiß ein schönes Liedchen mir?
kommt, lasset ’s hell erklingen!“

Dr Fritz streckt nauf bis an’s Plafo,
Mr sieht die Äugla blitza.
„Ja, Kleiner, sag’s!“ „’s Kanonaliad!“
Schau duet’r ’s Mäule spitza.

Dr Schulrat staunt, dr Lehrer guckt,
und jeder duat sich b’senna,
was des wohl für a Liadle sei
em kloina Sengheft denna?

„’s Kanonaliad, das kenn ich nicht,
wie heißt es denn, du Kleiner?“
Dr Bua stoht stramm wia en Grenadier
ond sengt so laut als koiner:

„Goldene Abendsonne,
wie bist du so schön!
nie k-a-n-n-o-h-n-e Wonne
dein Glanz ich seh’n!“

Die Geliebte

Hildegard Jerke aus Leinfelden-Echterdingen lässt eine „Albfreundin“ zu Wort kommen:

„Ein Kollege sprach in der Deutschstunde über das Wort ‚Gelübde‘ und fragte die Kinder, ob jemand wisse, was das sei. Keiner wusste es, doch einer meldete sich: ‚I weiß, was des isch, mein großer Bruder hat eine!‘ ‚Was hat Dein Bruder?‘, fragte der Lehrer. Darauf der Schüler: ‚Er hat eine Geliebte!‘“

Auf dem Weg zum Kavalier

Elsbeth Knöll aus Neckartailfingen ist folgendes Erlebnis unvergessen: „Als Lehrerin war ich hochschwanger, und es war eine der letzten Schulstunden in Handarbeit vor meinem Mutterschaftsurlaub. Ein Bub wollte mir sein Gehäkeltes zeigen, dabei fiel es auf den Boden. Er schaute mich an, und ich sagte zu ihm: ‚Möchtest du es nicht aufheben?‘ Darauf der Bub: ‚Gell, Du kaschd di nemme bugga?‘“

Das versudelte Zeugnis

Fritz Flattich aus Wiernsheim erzählt diese Schul-Anekdote: „Als Ende der Siebzigerjahre unsere jüngste Tochter freudestrahlend ihr erstes Zeugnis von der Schule nach Hause brachte, sagte sie zu mir: ‚Papa, dr Herr Lehrer hot gsagt, Du sollsch des onterschreiba, on no muss i des Zeugnis wieder mitbrenga.' Erfreut nahm ich Kenntnis davon und setzte, wie gewohnt, schwungvoll meine nicht leserliche Unterschrift darunter. Da fing die Tochter herzerweichend an zu weinen. Sie schluchzte: ‚Jetzt hasch du mir mei Zeugnis versudelt!' – und nahm es mir weg."

Fragen soll man net

Egon Eisele verdanken wir diese Schul-Anekdote: „Es muss in den Dreißigerjahren gewesen sein, als ein Schüler aus Berkheim dem Lehrer Schäfer auf eine Frage folgende Antwort gab: ‚Schäfer, du bisch doch a granate Fetz, du frogscht mi emmer Sacha, die i net woiß!'"

Der Lehrer muss warten

Erich Rode aus Herrenberg erzählt: „Der Bua kommt z'schpät end d' Schul. Frogt dr Lehrer: ‚Na, Heiner, wohl verschlafen?' ‚Noi, noi, Herr Lährer, i han müassa no da Tierarzt bschtella, weil mir morga metzga wellet, ond i soll Sia au zur Metzelsupp eilada.' ‚Da freue ich mich aber, da komme ich gerne.' Noch oiner Woch frogt dr Lehrer: ‚Wie ist das jetzt mit der Metzelsuppe?' Sait der Bua: ‚Oh, Herr Lährer, do wird nex draus, d' Sau frisst wieder!'"

Auf die Schule pfeifen

Martha Häfner gibt dieses Gespräch mit einem Dreikäsehoch wieder:

„Mit ein paar Nachbarn stand ich vor meinem Haus, da gesellte sich ein Bub zu uns. Wir fragten ihn: ‚Goscht scho end Schul?'
Darauf er: ‚Ja!'
‚Kascht au ebbes?'
‚Noi, aber i ka ebbes anders, i ka pfeifa.'
Der Lehrer wird sich freuen."

Prügel für den Lehrer

Irmgard Abt schreibt: „Em Frühjohr hot's Zeignis gebba. Als dr Babba 's Zeignis aguggt hot, sagt 'r: ‚Für so a miserabls Zeignis was dr do hoim brengscht, miasst's Briegl gea!' Darauf dr Bua: ‚Au fai, dess isch a guate Idee, Babba. I woiß au, wo dr Lehrer wohnt!'"

A granadamäßiger Halbdaggl

Albrecht Hartmann aus Schwäbisch Gmünd hat diese Schul-Anekdote aufgeschrieben: „Die Schüler einer Dorfschulklasse interessierten sich schon seit Längerem, wie alt ihr Lehrer wohl sei. Als es eines Tages im Sachkunde-Unterricht um das Thema ‚Die Menschen werden immer älter' ging, sagte der Lehrer zu seinen Schülern: ‚Auch ich bin mittlerweile schon alt'. Worauf der kleine Peter, wie aus der Pistole geschossen, fragte: ‚Herr Mayer, wie alt bisch du denn?' Daraufhin der Lehrer: ‚Peter, zum Lehrer sagt man Sie und nicht du. Jetzt aber zu Deiner Frage. Was meinst du denn, wie alt ich bin?' ‚I glaub, du bisch 66.' ‚Ja, Peter! Woher weißt du denn, dass ich 66 bin?' ‚Ha, i hau die oifach mit meim Nochber vergliche. Der isch dreiedreißge – ond des isch a granadamäßiger Halbdaggl!'"

Der doppelte Hans

Von Albrecht Hartmann stammt auch diese Geschichte: „Ich war Zweitklässler, das war 1960, und alle Schüler der Klassen eins bis acht, insgesamt etwa 60 Kinder, waren in einem Klassenzimmer untergebracht, da es zu dieser Zeit bei uns in Oberhaugstett im Kreis Calw immer noch eine Einklassenschule gab. Die ersten vier Klassen, also die Grundschüler, saßen eines Morgens gerade bei ihren Rechenaufgaben. Es ging um das Einüben des Einmaleins. Hans, ein Mitschüler, saß schräg gegenüber von mir. Er war im Rechnen nicht die große Leuchte. An diesem Morgen wurde es mir aber zum Verhängnis, dass ich, wie schon des Öfteren zuvor, zu ihm über den Tisch hinüberfrotzelte: ‚Hans, Schwanz, Hefakranz, drei mol acht isch vierazwanz!' Von hinten ergriff plötzlich jemand meine Schulter. Es war unser Lehrer, der ebenfalls Hans hieß. Er nahm mir nicht ab, dass ich nicht ihn meinte. Als er dann sagte, er wolle in der Sache noch mit meinem Vater reden, war ich genug abgestraft."

D'OMA WIRD SICH FREIA, WENN SE OHNE FALTA UFWACHT!

Oi oitzigs Oi

Hilde Lenz aus Waiblingen mit einer weiteren Schulanekdote: „Die Lehrerin in der Kochschule fragt die Schülerin aus dem schwäbischen Allgäu: ‚Wie viele Eier nimmst du für das Rezept?‘ ‚Oi Oi!‘ Das war die richtige Antwort. Die Lehrerin wollte das aber auf Hochdeutsch hören und sagte: ‚Kannst du das auch anders sagen?‘ ‚Oi Oitzigs!‘, antwortete die Schülerin.“

Em Hemmel

Otto Beerstecher aus Herrenberg zitiert aus dem in den 1920er-Jahren erschienenen Büchlein „Als die Eisenbahn noch nicht ging“ von Heinrich Gommel, in dem sich dieses Gedicht von Otto Gittinger (1861–1939) findet, einem Nordschwarzwälder Original:

Mei Helle (ein früherer Begriff für ein blondes
Mädchen, Anm. d. Red.)
kommt vom Schualgang heim,
was ischt des Mädle aus am Leim!
Verheult und wüatich! Lieabschte Zeit!
Ischt des mei luschtichs Helle heut?
„Des Drecksfranzösisch“, fangt se a'
„dass i au des net b'halta ka!
Ond's Rechna! Kilo- Milli- Zentigramm,
Liter, Meter! Mei'scht des könnt i?
Ond wem'mer schier kein Kopf me hat,
no kommt zom Schluss no a Diktat,
a ellalangs ond elend schwer,
wenn i no scho em Hemmel wär!“
Jetzt fahrt mei Trudel drei: „Oho!
Hell', denkscht du diar da Hemmel so?
Guat Essa, Trenka, Spiel ond Tanz
Ond's ganze Jahr lauter Hitzvakanz?
Nei! Wenn diar's au so gfalle tät,
so gfaulenzt wird em Hemmel net,
Do lernt mer weiter frisch und monter!“
Ach, henkt mei Helle 's Mäule ronter!
Se sait: „Wenn dort au Schual soll sei,
no brengscht mi net en Hemmel nei!“

Roschtbrota und Pizza

„Zum Thema Roschtbrota fällt mir eine alte Geschichte ein“, schreibt Steffen Siegel aus Neuhausen. „Ich war Lehrer einer fünften Klasse (Zehn- bis Elfjährige). Vor etwa 25 Jahren wollte ich den Schülern mehr Verständnis für ausländische Kinder nahebringen. Es entwickelte sich ein interessantes Gespräch. Schließlich sagte ein kleiner Kerle ganz treuherzig: ‚Wenn mir koine Ausländer hättet, no däd's koi Pizza ond koi Paschta gäbba und mir dädet emmer bloß auf onserem Roschtbrota romhocka.‘“

WAS GIBT 2 OIER OND 3 OIER?
WENN MEHL D'RZU KOMMT... EN HAUFA SPÄTZLESDOIG!

Kopfrechna

Eugen Metzger aus Stuttgart hat dieses Gedicht von Otto Gittinger (1861–1939) eingereicht:

Kopfrechna rechna lehra! descht a Brand
Für da Lehrer ond de Kleine,
Der Lehrer kommt schiar vom Verstand,
De Kender goht's net eine.

Heut ischt der Dreier an der Reih;
Der Lehrer fragt de Peter:
„Du Peter, was ischt zwei ond drei?
Wia, schwätz! des weißt a jeder!"

„Acht?", sait der Peter. „Was sagscht? Acht?!
O, Bua, bischt du a Sempel!
Jetz nemmscht de z'samma! Sonscht gut Nacht
Ond merkscht uf mein Exempel:

Du hascht zwei Eier, ond no drei
Legt diar dazua dei Käther,
Jetz rechn' amol! des hat sich glei,
Wiaviel hascht z'samma, Peter?!

Der Peter stutzt, no guckt er uf
Ond kriagt en Kopf wia Feuer;
„Herr Lehrer! 's goht net!", sait er druf,
„D' Kathren lait keine Eier!"

Aus der Naturlehr'

Ein weiteres Gedicht von Otto Gittinger:

Heut hot der Schuallehrer Naturlehr' durchgnomma,
Ond ischt grad zu sellam Kapitele komma,
Daß aus der Reibong a Wärme entstoht.
's Stadtpfarrers Elisabeth, wia's oft so goht,
Verstoht's blos halba ond frogt nochher glei
ihrn Vaddr derheim, wia denn des Deng sei.
Der bsennt se, no sait er: „Wia, reib amol gschwend
Fescht geganander mit deine zwei Händ.
Was gibt's no derzwischa? Wart, gib amol acht!"
Schnell reibt se, jetz, wia se d' Händ' wieder ufmacht,
No kommt se schiar gar en Verlegaheit:
„Do gibt's schwarze Wergele!", hot se gsait.

Auf der Straße tüten

Bruni Wachter aus Aichwald schildert ihre ersten Erfahrungen mit dem schwäbischen Dialekt:

„Es war in der dritten Grundschulklasse in Weinstadt, früher Schnait. Wir sollten einen Aufsatz zu dem Thema ‚Ein schönes Erlebnis' schreiben. Irgendwann fragte ich meine Mitschülerin auf Schwäbisch, ‚Du, wie schreib i denn gucken' – leider fragte ich etwas zu laut. Denn bevor sie mir antworten konnte, kam von unserer damaligen Lehrerin (einer Norddeutschen) der Hinweis: ‚Das heißt Tüte!' Gut, ich schrieb also weiter. In der darauffolgenden Woche wurde mein Aufsatz der gesamten Klasse vorgelesen. Bei dem Satz ‚ich tüte auf der Straße dem Faschingsumzug zu', lachten alle lauthals auf – nur ich nicht.

Zum Glück änderte sich das sehr schnell. Heute bin ich eine stolze Schwäbin. Bei unseren Klassentreffen wird mein Satz ‚ich tüte auf der Straße' noch immer gerne erzählt."

Schwäbische Turnübung

Erika Bangert aus Beuren berichtet von diesem Dialekt-Erlebnis:

„Als junge Sportlehrerin kam ich 1962 aufs Härtsfeld nach ‚Schwäbisch Sibirien'. In einer meiner Sportstunden sagte ich den Kindern: ‚Heute üben wir die Rolle vorwärts'. Sie sahen mich verständnislos an. Ich versuchte es erneut: ‚Heute üben wir den Purzelbaum.' Wieder große Augen. Daraufhin machte ich auf der Matte die Turnübung vor und die Kinder riefen: ‚Ach, an Stuzabockl!' Von da an wusste ich, dass ich auf dem Härtsfeld schwäbisch schwätzen muss."

SAG WAS, SONSCHT GIBTS OINS UF D'GOSCH!

Schwäbisch schwätza!!!

Hartmut Binder aus Nürtingen lässt diese Erinnerung aufleben:

„Meine Mutter, eine gebürtige Dortmunderin, kam als Schülerin neu in die Grundschule Laiz, weil mein Großvater, ein Soldat, nach Sigmaringen versetzt worden war. Nach drei Tagen baute sich der Klassensprecher vor ihr auf und erklärte unmissverständlich: ‚Ond wenn Du jetzt et schwäbisch schwädsch, na griagsch da Ranza voll!'"

Konsequent schwäbisch

„Beim Thema Schwäbisch in der Schule muss ich an eine Begebenheit vor bald 50 Jahren denken", schreibt Eugen Gutknecht aus Stuttgart: „Mein bester Schüler in der Grundschule auf dem Dorf gab – wie immer – eine gute Antwort, wie immer auf Schwäbisch. Entsprechend der damaligen Doktrin sagte ich: ‚Sehr gut, Thomas. Aber probierst Du das bitte noch mal auf Hochdeutsch?' Seine Antwort: ‚No losset mr 's liabr!'"

DAS PFERDCHEN STAND AUF DEM DACHBODEN, MUSS ES HEISSEN!
HAB I DO G'SCHRIEBA: „S'RÖSSLE STOHT UF DR BIEHNE!"

Schnirgelnde Äpfel

„Früher, als an unseren Schulen noch Schwäbisch geschwätzt wurde, kannte jeder Schüler den Unterschied zwischen Mundart und Schriftdeutsch", schreibt Rolf Schippert . „Nicht so jedoch an einer Volksschule in Endersbach. Als die Schüler einen Aufsatz schreiben sollten über die Einlagerung des Obstes über den Winter, schrieb ein Schüler: ‚Die Äpfelen schnirgelen zusemen …'"

Das Strapserleible

Von ihrer Mutter kennt Antje Gerber aus Schorndof diese Geschichte: „Nach den Ferien mussten die Kinder im Englischunterricht aufschreiben, welche Geschenke sie zu Weihnachten bekommen hatten. Dies allerdings in englischer Sprache. Irgendwann streckte eine Mitschülerin völlig verzweifelt und fragte: ‚Frau Lehrerin, was heißt denn Strapserleible auf Englisch?'"

Dr liabe Gott

Passend zu den Schulanekdoten erinnert Irmgard Abt an dieses Gedicht von Otto Keller:

's hot neilich dr Herr Lehrer Held
de Kender d'biblisch Gschicht verzählt,
do passet älle mächtig uff,
vom Letschta bis zom Erschta nuff;
se sitzet artig en dr Bank,
mit Äugla, groß ond blitzeblank.

Jetzt isch'r grad beim Paradies,
ond wia'nr kommt an Apfelbiss,
no frogt'r, wia dees möglich sei,
dass bei der Äpfelmampferei,
der liabe Gott, trotz äller Lischt,
so schnell dr'henter komma ischt?

Z'erscht gucket älle rotlos drei,
ond koim fallt au a' Antwort ei,
bis z'mol der Kloinscht' sich schüchtern regt,
ond 's Fengerle en d' Höh naufschtreckt:
„Wahscheinlich, weil dr liabe Gott
dr Apfelbutza' gfonda hot!"

Beim Oikaufa

Für a Rädle Wurscht kommet d'Kendr auf dia tollschte Gedanka

Der höfliche Bub

Hildegard Jerke aus Leinfelden-Echterdingen erzählt diese Geschichte: „Wir kauften früher beim Bäcker Donner ein. Da war eine liebe Verkäuferin, die den Kindern immer ein Bombole gab. Unser damals vierjähriger Bub ging deshalb gerne mit zum Bäcker. Einmal vergaß die Bäckersfrau, ihm das Bombole zu geben. Da sagte unser Bub: ‚Wenn du mir heut a Bombole gibsch, no fragsch mi vorher, ob i 's freiwillig will, i derf nämlich net bettla!'

Die säumige Mama

Herta Pfau berichtet: „D' Kathree hot ihr Tochter zur Nochbere gschickt, wega Oier. Ond dia frogt: ‚Huaberbas, mei Muader schickt mi om drei Oier, weil se koine meh hot!' D' Huaberbas antwortet: ‚Gohsch zur Marie niber, dui hot meh Henna wia i!' ‚Ja woisch', sait noo 's Kend: ‚Dui geit oos koine meh, weil mei Mama emmer 's Zahla vergisst, hot se gsait.'"

Ein seltenes Gebäck

„Bei einer Mutter hatte sich kurzfristig Verwandschaftsbesuch angekündigt", erzählt eine Leserin. „Weil sie keine Zeit zum Backen hatte, bat sie ihre achtjährige Tochter, schnell zum Henkelbäck zu laufen. Sie solle vier Biskuit-Dörtle kaufen, die isst die Tante so gern zum Kaffee. ‚Des sich aber a schwers Wort!', sagte das Mädchen. ‚Dann lauf dapfer und sag des Wort auf dem Weg vor dich hin!' Sie ging also los und murmelte das Wort ‚Biskuitdörtle' vor sich hin, bis ihr eine Freundin begegnete, die sie nach den Hausaufgaben fragte. Da war das Wort plötzlich weg. Als das Mädchen beim Bäcker ankam, sagte sie: ‚I soll vier so Denger kaufen, die mei Tante so gerne isst.' Die Bäckerfrau zuckte mit den Schultern und sagte, dass sie leider nicht wisse, was die Tante mag. Plötzlich strahlte das Kind und rief: ‚Etz woiß i's wieder: Bitte vier Missgebirtle!'"

Entschuldigung fürs Bonbon

Hermine Ilg erzählt von einem Einkaufserlebnis: „An der Kasse standen vor mir eine junge Mutter und ihr etwa vierjähriger Sohn. Während die Mutter ihre Einkäufe einpackte, gab die Kassiererin dem Jungen ein paar Bonbons. ‚Ond‘, sagte die Mutter, ‚wia sagsch jetzt?‘ Keine Antwort. ‚Jonas, du woisch doch, was jetzt saga muasch!‘ Der Junge schaute die Mutter fragend an und sagte dann zögernd zur Kassiererin: ‚Entschuldigung!‘“

Nicht betteln

Magdalena Groß aus Sindelfingen berichtet von einem Einkaufserlebnis mit ihrem jüngsten Sohn. „Wir waren kaum im Laden, da hörte ich meinen Sohn schon an der Wursttheke sagen: ‚I will a Wurscht!‘ Einmal knöpfte ich ihn mir am Eingang zum Laden vor und sagte: ‚Hör mal, heut wird net bettelt!‘ Kaum war er drin, stand er wieder an der Wursttheke, und ich höre ihn sagen: ‚Frau Walz, wenn du mir nochher a Wurscht gibscht, heb se au weit ra, dass i se lange ko. Des war doch net bettelt, oder?‘ Nein, aber es löste bei den Anwesenden große Heiterkeit aus. Kinder können ja so kreativ sein, wenn es darum geht, ihre Wünsche zu erfüllen.“

WENN I IHR SCHÄTZLA WÄR, TÄTET SIE MIR NO AU BLOS OI BOMBOLE GEBA?

I HAN DENKT I KRIAGA!

Wurstreste für dr Vadder

Hans Jürgen Gräser aus Schöckingen erzählt „a Gschichtle, des sich en de neizehhondertfuffziger Johr ereignet hot: Dr Fritzle kommt zom Metzger ond will für fuffzig Pfennig Floeschreschtla für da Hond, ‚abber wenns goht net so fett, weil am Vadder ischs 's letschte Mol schlecht gworda drvo!'"

Des dünne Rädle

Eine weitere Metzgergeschichte stammt von Hildegard Jerke aus Leinfelden-Echterdingen: „Mein Bruder, damals sechs oder sieben Jahre alt, ging immer sehr gerne zum Metzger, denn dort bekam er ein ‚Rädle Wurscht' geschenkt. Einmal sagte er zur Metzgersfrau: ‚Warum gibst Du mir denn von der Schinkenwurst immer so a dünn's Rädle? I ess au gern a dickere Scheib.'"

Mogsch a Wurscht?

Silke Stegmaier aus Alfdorf schreibt:

„Als ich einst mit meiner jüngsten Tochter beim Metzger war, wurde diese gefragt: ‚Mogsch a Wurscht?' Sie sagte: ‚Ja!' Daraufhin erhielt sie eine schöne Scheibe Lyoner. Meine Tochter meinte daraufhin enttäuscht: ‚I will aber a Wurscht, wo mors Floisch sieht!' Oh, wie peinlich, sie wollte einen Bierschinken. Unter großem Gelächter bekam sie ihn."

Uf dr Gass

Mr sott net glauba, was draußa älles los isch

's Biable heilt

Horst Bauer erzählt diese Anekdote:
„Mein Großonkel stand vor dem Haus, als ein kleiner Bub weinend die Straße herunterkam. Er fragte: ‚Biable, worom heilschd?'
Der Bub: ‚Weil i Schläg griad hau!'
‚Ja, worom hosch du denn Schläg griagd?'
‚Weil i zo meim Vadder Hosascheißer gsaid hau.'"

D' Kender sagat d' Wohrat

„Wie heißt es so schön: ‚Kindermund tut Wahrheit kund'", schreibt Albrecht Hartmann. „Diese Aussage ist bestimmt seit Menschengedenken so gültig. Bei ons em Schwobaländle sait mr dozua: ‚D' Kender sagat d' Wohrat.' Doch selbst wenn die Kinder mit ihren Aussagen oftmals ins Schwarze treffen und dabei viel Wahres ans Tageslicht kommt, ist das für die Beteiligten oft richtig peinlich. Das verdeutlicht dieses Gschichtle: Der kleine Max darf mit seiner Mutter in die Stadt mitfahren, wo sie einige Einkäufe zu erledigen hat. Dort angekommen, treffen sie ein älteres Ehepaar und es entsteht folgender Wortwechsel: ‚Ha, bisch du net 's Mäxle?', fragt der ältere Herr den Buben, der daraufhin mit dem Kopf nickt. Nachdem sich die Erwachsenen eine Zeit lang unterhalten haben, sagt Max recht laut zu seiner Mutter: ‚Du, Mama, isch des net der Ma, wo amole osern Abort so arg verbronzt hot?'"

Der Waidag, der elende

„Diese Geschichte ist mir noch aus frühen Erzählungen meines Vaters (Jg. 1920) im Gedächtnis“, erzählt Albrecht Hartmann: „Bei uns in Oberhaugstett, Kreis Calw, gab es einen sehr groß gewachsenen Mann, der, wie könnte es anders sein, auch überaus große Füße hatte. Als er einmal wieder mit seinem kleinen Sohn Fritz, den er an der Hand hielt, durchs Dorf spazierte, kam ihnen eine ältere Frau entgegen, die den Kleinen fragte: ‚Ja, Fritzle, was isch au mit dir passiert? Worom heulsch denn?‘ Daraufhin der Bub, ganz außer sich: ‚Der Waidag, der elende, dappt me emmer mit seine grauße Schuah!‘“

Dreckige Knui

Brigitte Klein aus Leinfelden-Echterdingen erzählt diese Anekdote: „Das noch nicht schulpflichtige Luisle wusste von ihren großen Brüdern, dass der Herr Lehrer in der Schule sehr streng war und jeden Tag prüfte, ob die Kinder saubere Hände und Fingernägel hatten. Einmal spielte Luisle hingebungsvoll am Straßenrand im Dreck. Als zufällig der Lehrer vorbeikam, rief sie ihm triumphierend zu: ‚Gucket Se, Herr Lehrer, i hab dreckige Knui!‘ Sie wusste, dass der Lehrer sie nicht bestrafen konnte.“

Däff dess dees?

Hans-Jörg Haarer aus Kuppingen weist auf die Möglichkeiten der schwäbischen Konjugation hin: „Eine Frau sitzt mit ihrem Kind auf einer Parkbank. Ein älterer Herr kommt vorbei. Das Kind wirft mit kleinen Steinchen in seine Richtung. Darauf fragt der Herr erstaunt: ‚Däff dess dees?‘ Etwas schnippisch antwortet die Mutter: ‚Dess däff dees!‘ Der Herr schüttelt den Kopf: ‚Dass dess dees däff?‘“

SO SO DEES DEFF DES ... ROTZAFF!

„Wenn dr böse Buaba locket“

Irmgard Abt zitiert das Gedicht von G. Seuffer aus dem Büchle Hellauf-Schwobaland von 1887.

„Wenn dr böse Buaba locket“,
sait ’s Müatterle zum Kend,
„folg’ mr net, weil’s gar so böse,
böse, böse Buaba send!“

Und ’s klei Mädele sieht Muader
auf des na’ gar ernsthaft a':
„Noi, de böse, böse Buaba
folg’ e net, net z’denket dra’!“

„Aber gell, wenn guate Buaba locket,
no, no folg' en gschwend,
weil’s halt eba gar so guate,
gar so guate Buaba send?“

Schöne blaue Auga

Silke Stegmaier aus Alfdorf gibt diese Geschichte zum Besten: „Meine Tochter Tina hatte als Kind blonde Locken. Da sie auch noch große blaue Augen hatte, wurde sie immer darauf angesprochen, egal wo wir auch unterwegs waren. Als wir dann einmal Leute trafen und diese unsere Tina überhaupt nicht beachteten, fragte sie: ‚Hend ihr no net gsea, dass i so schöne blaue Auga han ond so viele blonde Locka?‘“

Scho Jonge ghet?

„Früher, als wir noch unseren Dackel Hetti hatten, sind wir viel mit unseren Bekannten spaziert“, berichtet Elvira Rudat aus Tischardt. „Mit dabei war auch die kleine Bettina, die unsere Dackeline immer an der Leine führen wollte. Einmal entstand folgender Dialog. ‚Wie alt isch eigentlich dei Hetti?‘ Ich sagte, Hetti sei jetzt sieben Jahre alt. ‚Hot se au scho mol Jonge ghet?‘, wollte Bettina weiter wissen. Ich bestätigte dies uns sagte: ‚Ja schon zweimal.‘ Da schaute mich Bettina ganz entrüstet an und sagte: ‚Des ko fei et sei, i be au sieba ond i han no nia Jonge ghet!‘ Wir haben uns schier krummgelacht und lachen heute noch darüber.“

An scheena Vadder

Auch in den Tübinger Goga-Witzen kommt der Kindermund vor. Albrecht Hartmann erzählt:

„En dr Diebenger Onderstadt, bei de Goga, spaltet a Biable Holz. Sei Vadder, der grad zom Feaschdr nausguckt, schreit nonder: ‚Kerle, du muasch schneller schaffa. Du spaltescht mr viel z’langsam. I komm glei ond hau dr oine an d’ Backa na!‘ Daraufhin sei Bua: ‚Halt du fai dei Gosch dort oba!‘, worauf sei Vadder wieder nonderschreit: ‚So hätt i zo meim Vadder aber net sage möga!‘ Doch ’s Biable, gar net verlega, schreit no wieder zom Vadder nuff: ‚Du wirsch an scheene Vadder ghet hau!‘ – ‚Narr, an viel bessera als du oin hosch‘, brüllt der no wieder nonder ond schmeißt’s Feaschter zua.“

Wenn mei Muader …

Ein weiterer Goga-Witz von Albrecht Hartmann:

En dr Diebenger Onderstadt, dort wo die Baura ond die Wengerter, also d’Goga, gwohnt hen, do hen ama scheena Mittag a paar Kender mitnander Versteckerles gspielt. Älle verschlupfte Kender send aber recht schnell gfonda worda, bloß des Heinerle net. Uff oimol hört mr ’s Heinerle schreie.

Dr Schroi kommt vom Haagtor-Bronna rom, wo a paar Fraua grad ihr Wäsch wäschat. Ond scho sieht mr ’s Heinerle aus seiner Muader ihrem Rockschlitz rausspickla ond hört en mordsmäßig schempfa: „Des gilt aber fei net! Wenn mei Muader koin Furz glau hätt, no hättet ihr mi no lang net gfonda.“

Hundesteuer

„Felicitas ist ein Autofan, und Autoputzen mit Papa ist für sie das höchste der Gefühle", schreibt Gabriele Klink. „Zur Belohnung für ihre wertvolle Hilfe darf sie sich kurz ans Steuer setzten. Einmal hört sie zufällig ein Gespräch zwischen ihrem Vater und dem Nachbarn, in dem es über das Thema Hundesteuer geht. In der Folge beobachtet Felicitas den Nachbarn mit seinem Hund ganz genau. Als der Mann in sein Auto steigt, rennt sie schnell an den Zaun. ‚Der hot aber sein Hond au et hinters Stuier glassa', meint sie kurz darauf enttäuscht über die entgangene Sensation. Seitdem kennt unsere Tochter den Unterschied zwischen Hundesteuer und Hund am Steuer."

Männliche Kamele

Eine schöne Begebenheit hat Walter Bauer aus Wolfschlugen notiert: „Jetzt im Frühjahr wird bald wieder geheiratet. Dazu passt diese Geschichte: Ein Mann steht mit seinem Bub im Zoo vor dem Kamelgehege. Da fragt der Bub: ‚Du Vadder, heiratet d' Kameler au?' Der Vater blickt zu seinem Sohn und sagt: ‚Bua, bloß Kameler heiratet – derfsch abr dr Muader et saga!'"

Die befreundete Leiche

Manchmal klingt auch das, was aus dem Mund von Erwachsenen kommt, unfreiwillig komisch. Das zeigt die Geschichte von Dieter Illg aus Böblingen: „Bei uns auf dem Dorf nannte man eine Beerdigung eine ‚Leich'. ‚Spaß muaß sai bei dr Leich' war ein geflügeltes Wort und sollte die Leute ermuntern, auch in ernsten Situationen den Humor zu bewahren. Eine Beerdigung war ja häufig auch eine Möglichkeit, weitläufigen Verwandte, die man sonst nur sehr selten sah, zu begegnen. So hatten Kinder oft Gelegenheit, beim anschließenden ‚Leichenschmaus' mit gleichaltrigen Cousins/Cousinen spielen zu können. Als Lehrer in Schafhausen bekam mein Vater folgende Entschuldigung für das Fernbleiben eines Kindes vom Unterricht (die Mutter versuchte, das in Hochdeutsch zu formulieren): ‚Ich bitte, das Fehlen von Margret zu entschuldigen. Wir waren bei einer befreundeten Leiche, und ich wollte dem Kind die Freude nicht nehmen.'"

Ach du heiliger Winnetou

„Mir fällt eine lustige Begebenheit ein, die sich in der U7 Richtung Stuttgart zugetragen hat“, schreibt Ruth Knoll aus Stuttgart. „Ein etwa vierjähriger Bub, auf der rechten Seite auf einem Fensterplatz sitzend, schaute interessiert aus dem Fenster. In der Höhe der St. Georgskirche, vis-à-vis vom Pragfriedhof, wo der Heilige St. Georg am Kirchturm in Übergröße mit Pferd und Lanze dargestellt ist, rief der Bub plötzlich lauthals durch das Abteil, wobei er übers ganze Gesicht strahlte: ‚Guckat na, do isch dr Winnetou!‘ Was allenthalben mit lautem Gelächter quittiert wurde.“

Tante Wilhelma

Noch eine Zoogeschichte. Karin Simmerlein erzählt: „Die Großeltern haben unsere damals etwa drei Jahre alte Tochter abgeholt mit dem Hinweis, sie dürfe heute mit ihnen zur Wilhelma. Als sie am Abend zurückkamen, fragten wir unsere Tochter, ob es schön war. Ihre Antwort: ‚Ja, aber die Tante Wilhelma hemmer gar net troffa!‘“

Ansteckende Schminke

Irmgard König aus Ehningen berichtet: „Nach dem Krieg waren bekanntlich viele Leute arm. Damals sah man auf dem Land so gut wie keine geschminkten Frauen. Als eine Mutter mit ihrer kleinen Tocher einmal mit der Straßenbahn in Stuttgart unterwegs war, stieg eine junge Frau zu, die die Fingernägel lackiert und die Lippen rot angemalt hatte. Das Mädchen, das so etwas noch nie gesehen hatte, fragte seine Mutter: ‚Was hat denn die Frau?‘ Der Mutter war das peinlich und sie wiegelte ab. Aber die Tochter ließ nicht locker. Auf einmal rief sie laut: ‚I glaub, die hat Maul- und Klauenseuch!‘“

Zwillings-Schicksal

Ursula Lorenz aus Böblingen hat uns dieses Gedicht überlassen:

Am Schtraßabahnetz, grad an ra Weiche,
dean zwoi Büable am Glois romschleicha.
Ond dr Jengschte drvo, zwoi Johr wird 'r sei,
der hockt sich ganz oifach drzwischa nei.
Do kommt a alt's Weib, die vorbeiganga ischt,
sie goht zu dem ältera Bua na ond zischt:
„Isch des dei Brüaderle, des dort hockt?"
„Jo", secht dr ältere Bua verschtockt.
„Ha, du bisch au no a saudummer Dackel,
jetzt nemm doch des Kend weg, du Allmachtsbachel!"
Vor Uffregung wird se ganz puderrot:
„Wenn d' Schtroßabah kommt, isch des Kend tot."
„Och", said der äldere Lausbua druff:
„Rege se sich no net so uff,
des isch doch a Zwilling, sell schadet koim,
mir hen dr gleiche nomol drhoim."

Bahnfahrt mit Maulkorb

„Während der Kriegsjahre war meine Schwester mit ihrem zweijährigen Sohn einmal mit der Bahn zwischen Erdmannhausen und Burgstall unterwegs“, schreibt Marianne Wahl aus Marbach-Rielingshausen.“ Ihnen gegenüber saß eine Frau mit Hut, an dem ein Schleier befestigt war, welcher das Gesicht der Dame bedeckte. Plötzlich sagte der Junge laut zu seiner Mutter: ‚Mama, guck, dui hat en Maulkorb uff. Duat dui beißa?‘“

Die Schule der Zeppelinfahrer

Von Waltraud Lippert aus Fellbach-Oeffingen stammt dieser Beitrag: „Mit meinem Neffen, der damals gerade schulpflichtig geworden war, fuhr ich mit der Straßenbahn Richtung Stuttgart. Am Stöckach, dem Standort seiner Schule, las er mit allerhöchster Anstrengung laut vor sich hin: ‚Zeppe-lin-Gym-na-si-um. Au Tante, ka mr do ’s Zeppelinfahra lerna?‘“

Parken auf der Autobahn

„Als mein Enkelsohn mit seinen Eltern auf der Autobahn von München nach Böblingen fuhr, kamen sie in einen Stau“, erinnert sich Ursula Lorenz. „Nichts ging mehr. Da fragte mein Enkel, er war etwa drei Jahre alt: ‚Warom parket denn die do älle?‘“

Greaner wird’s nemme!

„Zum Thema Kindermund hätt i au ebbes“, bemerkt Ursula Wamsler. „Meine Tochter und ich waren mit meiner Enkelin mit dem Auto unterwegs in der Stadt. Franziska war damals etwa zweieinhalb Jahre alt und hatte gerade sprechen gelernt. Sie saß im Kindersitz und schaute sich interessiert um. Als wir an einer Ampel anhielten, blickte meine Tochter kurz zur Seite. Da rief Franziska von hinten laut: ‚Mama fahr, greaner wird’s fei nemme!‘ Tatsächlich hatte die Ampel auf Grün geschaltet, wir mussten sehr lachen. Auch die kleine Dame fand es sehr lustig.“

Uf 'm Land

Wo d'Zeit stillstoht, gangat Uhra anders

Koin Breschtleng!

Eine Anekdote zum Thema Breschtleng kam Hilde Ensel aus Unterensingen in den Sinn: „Ich war damals vielleicht vier oder fünf Jahre alt und die jüngste von drei Geschwistern. Im Frühsommer sagte mein Vater zu mir: ‚Komm Hilde, mir gugget amol, ob schao a Breschtleng reif isch, und tatsächlich, wir fanden den ersten roten Breschtling. Mein Vater gab ihn mir und sagte: ‚Du derfscht de andere aber nix dafo sage, 's ischt nämlich koin Breschtleng mae reif.' Als ich in die Küche kam und meine Geschwister auf der Bank sitzen sah, schrie ich lauthals: ‚Ätsch, i han koin Breschtleng g'het!'"

Zweisprachige Erziehung

Diese schöne Geschichte hat Josel Oesterle aus Mögglingen erlebt: „Mit meinem Enkel, damals 4 1/2 Jahre (nicht schwäbisch erzogen), war ich im Sommer 2011 auf dem Fußweg von Stuttgart-Kaltental nach Stuttgart-Vaihingen unterwegs. In einem recht steil abfallenden Schrebergarten war ein Mann mit der Sense beim Mähen. Mein Enkel, der natürlich bis dato zum Grasmähen nur den Rasenmäher kannte, fragte, was der Mann denn da mache. So entspann sich folgender Dialog:

‚Opa, was macht denn der Mann?'
‚Bua, der duat Gras mäha.'
‚Opa, aber der hat doch gar keinen Rasenmäher.'
‚Noi Bua, da ischs z'steil deswega mäht 'r mit dr Säges.'
‚Opa, aber der hat doch gar keine Säge.'
‚Noi Bua, des isch a Sense, aber da secht ma bei os Säges drzu.'

Während dieses Gesprächs waren zwei junge Frauen mit Kinderwagen ebenfalls hinter uns stehen geblieben. Sie hatten unseren Dialog anscheinend verfolgt. Als ich mich mit meinem Enkel wieder auf den Weg nach Vaihingen machte, hörte ich noch im Weggehen, wie eine der Frauen sagte, es wäre vielleicht gar nicht so schlecht, wenn Kinder zweisprachig aufwachsen würden."

Wia des Kälble wohl neikommt

„Unser Matthias – heute 32 Jahre – hat früher so manche ‚Story' frei Haus geliefert", schreibt Inge Stoll aus Stuttgart. „Angefangen damit, dass er zu meinem Geburtstag halb Trichtingen eingeladen hat, immer mit der netten Bemerkung ‚mei Mama hat Geburtstag, da müsset ihr was schenka!' So bekam ich von wildfremden Leuten Honig, Rauchfleisch, Bauernbrote usw. geschenkt – hochfaza peinlich. Nachdem er wieder einmal einen Kuhstall heimgesucht hatte, wo er die Geburt eines Kälbchens miterleben durfte, kam er heim, strahlte wie ein Putzeimer und sagte: ‚Wo dees Kälble rauskommt, woiß i jetzt, aber wia des neikommt, kriag i au no raus!'
Nachdem er mal bei drei Buben aus der Nachbarschaft mitspielen durfte und ich frage, wie die Leute denn heißen, bekam ich die denkwürdige Antwort: ‚Zwoi send Zwilling ond oiner isch koiner!'"

D' Milch en d' Küh neibompt

Werner Stahl aus Stuttgart-Vaihingen schreibt: „Unser Jüngster war mit vier Jahren ganz fasziniert vom Kuhstall, den Verwandte in Kemnat besaßen. Aus dieser Zeit stammt seine Frage: ‚Mama, wann gange mr wieder zu der dreckicha Frau, die wo emmer d' Milch mit de Schläuch en d' Küh neibompt?'"

Kuhflädle

„Meine Enkel leben in Freiburg und sprechen leider überhaupt keinen Dialekt, dafür aber das Enkele meiner Freundin, das in Wolfschlugen wohnt", berichtet Inge Mierke aus Neuhausen. „Die Oma las aus einem Buch vor, wobei es auch um die Hinterlassenschaften von Tieren ging. Die Oma erklärte, dass es beim Hund Hundehaufen, beim Pferd Rossbollen und bei der Kuh Kuhfladen heißt. Da wollte die Dreijährige wissen, wie das dann beim Kälble genannt wird. Darauf die Oma: ‚Des hoisst au Kuhfladen.' Da protestierte Isabel heftig: ‚Noi, Oma beim Kälble hoißt des Kuhflädle!'"

Verschüttete Milch

Als Erzieherin, Lehrerin und Mutter habe ich mit Begeisterung Kinderaussprüche aus dem Alltag notiert und nun eine nette Sammlung beisammen, schreibt Gabriele Klein aus Nürtingen. Hier eine Kostprobe: „Unsere Töchter Felicitas (5) und Desirée (3) schauen interessiert zu, wie die Kühe über die saftig grüne Weide laufen. Da Desirée wusste, dass im Euter die leckere, weiße Milch ist, meinte sie klug: ‚I wois scho, warom Kia et so schnell renne derfet, weil se sonscht ihre Milch verschitta dätat.'"

Ochsen melken

Horst Bauer erzählt aus seiner Kindheit: „Ich war etwa fünf oder sechs Jahre alt und stand mit meiner Großmutter an der Hofeinfahrt. Ein Bauer fuhr an uns mit seinem Fuhrwerk vorbei, das von einem Ochsen gezogen wurde. Meine Großmutter wechselte ein paar Worte mit dem Bauern, während ich den Ochsen näher betrachtete. Etwas war bei dem Tier anders als bei einer Kuh. Da fragte ich den Bauern: ‚Du, ko mr dein Oxa au melka?' Meine Großmutter und der Bauer brachen in schallendes Gelächter aus."

Saure-Gurken-Zeit

Paula Schlimm aus Sindelfingen erzählt eine Kindermund-Geschichte aus mageren Zeiten:

„Im Krieg und auch noch danach war die Lebensmittelversorgung in Deutschland sehr schlecht. Es gab Lebensmittelmarken, die man bei jedem Einkauf dabei haben musste. Wir waren drei Kinder und Eltern und die Zuteilungen reichten nie. Unser Elternhaus war ein alter Bauernhof. Das gab uns die Möglichkeit, ein paar Hühner, Kaninchen und ein Schwein zu halten. Durch den großen Garten hatten wir auch genügend Gemüse und Kartoffeln für die Familie und für die Tiere. Natürlich musste man die Tiere auf dem Rathaus anmelden, was meine Eltern nicht taten. Andernfalls hätten wir keine Lebensmittelmarken mehr bekommen. Im November kam ein Metzger, der unsere ‚Lotte', so hieß unser Säule, schlachtete. Die Nachbarn wussten Bescheid, aber verrieten uns nicht, weil sie am Schlachttag auch etwas abbekamen. Um Tellersülze zu machen, legte unsere Mutter kleine Gürkchen in eine Essiglake ein. Sie war unter dem Jahr sehr sparsam mit den Essiggurken, da sie ja im Herbst gebraucht wurden. Als Kind von etwa vier Jahren fand ich die kleinen Essiggurken sehr lecker! Mit Vorliebe rutschte ich einen Hocker an das Regal und naschte immer wieder eine. Wenn Mama mich dabei erwischte, nahm sie kurzerhand den Kehrwisch (Handfeger) und klatschte mir mit dem Rückenteil damit einmal auf den Po. Eines Tages angelte ich wieder eine Gurke aus dem großen Glas, doch das schlechte Gewissen schlug mir bald danach sehr. Mama hatte es nicht bemerkt! Ich brachte ihr den Kehrwisch und sagte: ‚Mama, du muscht mi haue, aber bitte heut mit dem ‚hörige Teil', (mit dem haarigen Teil). Es war mir unbegreiflich, dass Mama lachte und ich ohne Haue davonkam."

Sie wünschen?

Horst Bauer trägt eine Kindermund-Geschichte vor, die sich vor rund 50 Jahren zugetragen hat: „Ein junger Mann aus der Stadt war auf der Durchfahrt und kehrte in einem Gasthaus ein. Er betrat die Gaststube und stellte fest, dass er der einzige Gast war. Da ging eine Tür auf und ein kleiner Junge schaute herein. Er drehte sich um und rief: ‚Lore, do isch äbber!' Die Wirtin rief die Treppe herunter: ‚Frog, was er will!' Da ging der Kleine zu dem Gast und fragte: ‚Wa witt?'"

Kuhhandel

„Bei uns im Dorf hatte jeder ein paar Kühe im Stall stehen; man brauchte sie als Zugtiere und für die Milchproduktion", erinnert sich Martha Häfner. Sie fährt fort: „Einer der Männer des Dorfes kam nach langer Kriegsgefangenschaft wieder heim und fand seinen Stall leer. So ging er im Dorf umher und fragte, ob jemand eine Kuh für ihn hätte. Sein kleiner Sohn begleitete ihn. Sie kamen zum Haus eines Mannes, der eine Kuh besaß, aber keine Kinder hatte. Aus Spaß sagte dieser: ‚Woisch was: Du gibsch mir Dein Bua ond Du kregsch mei Kuah!' Da zupfte der Bub ängstlich an des Vaters Hose und sagte: ‚Gell Vaddr, mi et verhamschtera!'"

Gsälzbrot oder Wurscht

Claus Stahl aus Stuttgart mit einer Kindheitserinnerung: „Mein Vater war von Mühlhausen im Täle und meine Mutter aus Berlin. Meine Familie strandete nach dem Krieg in Hirrlingen im Kreis Tübingen. Wir wohnten mit vier Kindern in einer feuchten Zweizimmerwohnung. Als ‚wüschtgläubige' Exoten hatten wir es sehr schwer. Der Bauer Ströbele von nebenan und seine Familie waren jedoch sehr nett zu uns. Meine Mutter sammelte in einem Schulheft mit der Aufschrift ‚Kindermund' Stilblüten von uns. Auf die Frage der Bäuerin Ströbele ‚Clausle mogsch a Gsälzbrot?', antwortete ich laut diesen Aufzeichnungen: ‚Gsälzbrot ka i et schlugga, bloß Budder mit Wurscht!'"

Händel oder weich

Rosemarie Erkert aus Pleidelsheim ist dem Ausdruck „Wendel dotter weich“ nachgespürt. Dabei fiel ihr eine Begebenheit ein, die sie in Gedichtform kleidete:

Dor 17. Oktober 1995's Johr
a wonderschöner Herbsttag war.
Mit meine Kender ond meiner Mama
ben i en onsern Wald nausganga.
Am Kastaniaboom isch onser Halt na gwesa
ond mir hen Kastania ufglesa.
Onser Säckle isch schnell voll gwä',
denn dort hat's so viele gäa.
Dornoch war eine kleine Rascht,
ond mir hen a Trenkpaus gmacht.
Zmol nemmt en Stecka mei fönfjähriger Bua
ond haut uf den Kastaniaboom zua.

Uf d' Frag: „Was soll denn dees?“
war d' Antwort: „Des isch a Hex, ond dui isch bös!
I schlag die Hex jetzt ‚Händel oder Weich‘
(Wendel dotter weich)
na isch se brav, des sag i Euch!“

Bad im Neckar

Horst Bauer erzählt diese Begebenheit:

„Mein Vetter war in den Ferien oft in Aidlingen bei unseren Großeltern. Ihr Haus stand direkt am Bach, also an der Aid. So war es fast unvermeidlich, dass er einmal kopfüber in den Bach fiel. Triefend nass, heulend und schreiend rannte er ins Haus und rief: ‚Großmutter, i ben en da Necker gfalla!‘“

Sag's durch die Blume

„Löwenzahn wird im Volksmund auch ‚Bettscheißerle' genannt, wahrscheinlich wegen seiner abführenden Wirkung", weiß U. Max Burkhardtsmaier aus Backnang und erzählt: „Mein kleiner Neffe sagte einmal zu meiner inzwischen verstorbenen Mutter, die sich darüber aufregte, dass in unserem Rasen so viel Löwenzahn blühte: ‚Ach lass doch, Bettscheißerle senn au Bloama!'"

Am Feschttag'

Hauptsach', 's wird gefeiert – wenn d'Kendr oft au net genau wissat was

Der gewaschene Täufling

Horst Bauer schreibt: „Meine Schwiegermutter erzählte auch so eine nette Begebenheit aus einem ‚Kindergöschle'. Im Schwarzwald wurde vor dem Krieg oftmals nicht jedes Kind gleich getauft, da die Bauernhöfe oft weite Wege von den Seitentälern zur nächsten Kirche hatten. So kam es oft vor, dass erst nach dem dritten Kind der Pfarrer ins Haus gebeten wurde, um die bis dahin geborenen Kinder zu taufen. So geschah es auch einmal bei einem weit abgelegenen Bauernhof. Die Eltern, die Paten und Verwandte waren in der guten Stube versammelt. Der Pfarrer vollzog seine Taufzeremonie. Als er dem größten Kind das Taufwasser auf den Kopf träufelte, lief diesem etwas Wasser ins Gesicht, darauf sagte der kleine Täufling: ‚Herr Pfarrer, i'bee schau gwäscht!'"

Die Hasenohren

Hildegard Jerke aus Leinfelden-Echterdingen mit einer Oster-Geschichte: „Meine Freundin auf der Alb backte mit ihren damals noch kleinen Kindern Osterhäsle. Schee send se worda mit Hagelzucker bestreut ond Zibeba (Sultaninen) als Augen. Jedes Kind bekam ein Versucherle, dann wurden die Häsle in einer Schachtel verschoben – und zwar auf dem Schrank ganz oben, damit die Kinder net nakommet. Von wegen! Am Samstag vor Ostern hot mei Freundin no wie jedes Johr die Osterkörble richta wella. Sie macht die Schachtel uff und lässt an Schrei los. Ganz aufgregt frogt se: ‚Wer hot des aber au doa?' Die Kinder antworteten: ‚Mama, was schreisch denn so, die Häsle send doch no älle do. Mir hent bloß von jedem a Ohr abbissa, sonscht send se älle no ganz!'"

Der Osterhas legt Hasaböbbel

Eine Ostergeschichte von Josef Wamsler: „An Oschtere hot onser Lieblengstante Maja oim von onser Stallhasa Kloider azoga ond en Stub reigholt. No hot se zom Mäxle gseit: ‚„Guck, des isch dr Osterhas!' ‚Au ja', hot do des Mäxle gschriea ond gsait: ‚Guck ond jetz hot er au scho a Oi glegt!' – wie grad a Haseböbbele auf dr guate Stubedeppich gfalle isch."

Die eierlegende Mutter

„Als mein Sohn noch ein kleines Büble war, kam er am Ostermorgen zu mir ins Bett", erinnert sich Elise Deuschle aus Rudersberg. „Da ich dies ahnte, legte ich einige Eier hinter mein Kopfkissen. Er erkundigte sich nach dem Osterhasen usw. Auf einmal fing ich an zu gackern und wir sahen hinter mein Kissen. Mit ganz großen Augen sah er mich an – und er erzählte am folgenden Tage aller Welt: ‚Mir brauchet koin Osterhas! Mei Mutter kann Oier lega ond sogar gfärbte!'"

GACK GACK GACK!
DE OSTERHAS GACKERT NET MAMA!

Zu viele Leit

Elisabeth Maier aus Schlechtbach erzählt von einem Vater, der sich vor vielen Jahren mit seinem etwa vierjährigen Buben auf den Schultern durch den überfüllten Stuttgarter Weihnachtsmarkt zwängte. „Du Babba", sagte der Bub irgendwann aus seiner hohen Warte, „i woiß, worom's et ghot – do hot's so viele Leit!"

Mach's Hoftor uff!

Ursel Uhlig berichtet von einer ländlichen Episode aus der Adventszeit: „Es ist schon lange her; wir waren noch kleine Kinder. Im Kindergarten lernten wir in der Adventszeit viele Lieder. Eines Tages fragte die Mutter meines Nachbarjungen, was wir im Kindergarten behandelt hätten. Daraufhin sagte er: ‚Mir hend a neis Lied glernt!' ‚Wie heißt es?' ‚Mach's Hoftor uff!' Großes Erstaunen. Gemeint war natürlich: ‚Macht hoch die Tür!'"

MAMA, S'HOISST DOCH MACHT AUF DIE TÜR... SONSCHT KOMMT S'CHRISCHTKENDLE DO GAR NET REI' !
MACH D'TÜR ZU!

Was Kindern vorschwebt

„Die dreieinhalbjährige Regine sang begeistert die Weihnachtslieder der ‚Großen' mit – so wie sie es verstanden hat", erinnert sich Waltraud Faigle-Mährle aus Alfdorf. „Anstelle von ‚Bethlehems Stall' sang sie ‚Bettle im Stall'. Statt ‚hoch oben schwebt jubelnd der Engelein Chor', sang sie, ‚hoch oben schwebt Josef den Engeln was vor'."

Von einem weihnachtlichen Missverständnis berichtet auch Gabriele Klink: „Zu Weihnachten war das Lied: ‚Ihr Kinderlein kommet' der Hit in der Kindergartengruppe. Im zweiten Vers heißt es bekanntlich: ‚Die redlichen Hirten knien betend davor …' Schmunzelnd vernahm ich von allen Kindern: ‚Die rötlichen Hirten stehn betend davor …'"

Die Weihnachtsfrau

Ein Kinderspruch von Werner Knauß aus Sindelfingen: „Im Alter von etwa vier oder fünf Jahren stellte mein Sohn die Frage: ‚Hat der Weihnachtsmann auch eine Weihnachtsfrau?'"

Der Pelzmörder

Ruth Stroh aus Schwäbisch Gmünd erzählt: „Als mein Bruder in der Schule zum ersten Mal vom ‚Pelzmerde' hörte, war er ganz entsetzt: ‚Denen bringt der Nikolaus bestimmt nichts. Stell Dir vor, die sagen, der Nikolaus sei ein Pelzmörder!'"

Bei de Großeltra

Wenn d'Enkala do send, no lacht's Herzle

Die viele Vögela

Fritz Flattich erzählt: „Die Enkelin ist zu Besuch. Als es schneite, sagte ich zu ihr: ‚Jetzt muess i meine Vögala Futter ens Vogelhäusle doa. Bei dem viela Schnee fendet dia nex zom Fressa.‘ Darauf erwidert meine Enkelin: ‚Opa, gheret dia viele Vögela alle dir?‘“

Gell Oma ...

Eine tierische Geschichte von Elke Richardon aus Murrhardt: „Meinem damals vielleicht dreijährigen Enkel erklärte ich die Namen der Tierwelt: Hahn, Henne, Küken, Ochse, Kuh, Kalb, Rüde, Hündin, Eber, Sau, Ferkel und so weiter. Nach einer kleinen Denkpause erklärte mir mein Enkel: ‚Also gell Oma, wenn du a Schwein wärscht, no kennt' i Sau zu Dir saga!‘“

Liebeserklärung an die Oma

„Meine Freundin Gertrud Ellwanger hatte einen Lieblingsenkel ‚'s Berndle‘, der sie über alles liebte!“, berichtet Inge Stoll. „Besonders liebte 's Berndle auch ihre Linsen, Spätzle und ‚Saitawürschdle‘. Nach einem solchen guten Essen nahm der damalige Fünfjährige Oma Gertrud einmal in den Arm und meinte: ‚Oma, wenn's di mol uff dr Schtroß uff d' Schnautze haut, gell, dann bleibsch liega, dass ich di tröschda ka, kriagsch au an Kuss vo mir!‘ Welche Oma würde da nicht schwach werden?!“

Mag i des?

Gabi Schlewek aus Wendlingen schreibt: „Ich muss daran denken, dass ich als Kind nach dem Kindergarten oder der Grundschule immer meine Oma Rese fragte: ‚Oma, mag i des, was es heit geit?' Meine Oma antwortete stets wahrheitsgetreu."

Die Hausaufgab'

Irmgard Abt zitiert ein Gedicht von Dorothea Ewadinger:

Die Hausaufgab' – die Hausaufgab',
was i mi do äll Middag schab',
des Zuig zom Schreiba! Ond für was?
Bloß der Lehrerin zom Spaß!

Lieber Gott, hilf mir dabei
bei dera bleeda Rechnerei,
führ mir mei Hand em Rechtschreibheft,
au wenn mir neamad helfa därf'.

Du derfsch des scho, ganz ausnahmsweis;
Du hilfscht mer liab ond guat ond leis.
Du warsch jo au a mol en Bua
ond nochmiddags ganz froh om d' Ruah!

Bald ben i fertig, dank dr schee,
i trenk jetzt mit dr Oma Tee
ond hops dann en dr Gaarda naus!
Mit dir, do komm' i klasse aus!

Das schmerzhafte Telefonat

„Mei dreijährigs Enkele hot neulich mit mir telefoniert“, schreibt Josef Wamsler. „Derbei isch em dr Hörer aus dr Hand auf de Boda gfalle. Fürchterlich erschrocke isch er schnell zu seiner Mama grennt ond hot grufa: ‚Mama, ruf ganz schnell de Opa oa ond frog ihn, ob er sich derbei weh doa hot!‘“

Der (vor-)laute Bruder

Hans Hägele aus Schwäbisch Gmünd lässt seinen Bruder zu Wort kommen: „Mein jüngster Bruder war morgens im Haus schon ziemlich laut. Eines Tages sagte die Oma zu ihm: ‚Der Vogel, der morgens am Laudaschda sengt, dean holt oabends d 'Katz!‘ Darauf sagte der kloine Kerle: ‚Ätsch Oma, i ben koi Vogl, ond a Katz hend mr au net!‘“

„Hallo Julia!“

„Eine Begebenheit, die schon einige Jahre zurücklegt“, hat Fritz Flattich notiert: „Unsere Enkeltochter Julia, inzwischen verheiratet und Mutter eines kleinen Jungen, kam freudestrahlend vom Besuch ihres ersten Kindergottesdienstes zurück. ‚Oma, Oma‘, sprudelte es aus ihr heraus, ‚dia andere Kender hen sich so arg freut, dass i jetzt au end Kenderkirch komm. Dia hen mir sogar a Lieadle gsonga on emmer widder ‚Hallo Julia, Hallo Julia‘ drbei gruafa.‘ Wir fanden heraus: Statt des Refrains ‚Halleluja, Halleluja‘, hatte Julia immer ihren Namen verstanden.“

BISCH JETZT ZFRIEDA?
FLACHBILDSCHIRM, FULLHD, OND 3D
DES HOT NET JEDER!
Runge

Die näckede Großeltra

Anni Hajdu aus Gerlingen bringt uns mit diesem Beitrag zum Lachen: „,Wo's Guschdäfle am Ende von de Feria wieder hoimkomma isch, hot 'r zu seira Mama ond zu seim Bappa gsagt: ‚Nia wiedr gang i en de Feria zur Oma ond zom Opa!' ‚Jo worom denn des?', henn seine Eldern gfrogt. ‚Dia hockat dr ganz Dag ufm Sofa ond henn nix o!' ‚Wia, dia henn nix o?', henn seine Leit gfrogt. ‚Ha koi Fernseh' on koi Radio.'"

„Des" gibt's net

Inge Mierke erzählt diese schöne Geschichte:

„Auf Mallorca sprach uns eine Frau an. Sie meinte, dass wir wohl aus Süddeutschland kämen, und als wir uns als Schwaben zu erkennen gaben, erzählte sie uns, dass ihr Sohn mit Familie in Stuttgart lebe. Der Enkel ginge in Degerloch in den Kindergarten und der spreche nun also Schwäbisch. Er sei bei ihr zu Besuch in Norddeutschland gewesen und habe am Tisch gesagt: ‚Des mog i net'. Worauf die Oma erklärte, das Wort ‚des' gebe es nicht, es müsse richtig heißen: ‚Das mag ich nicht!' Am nächsten Tag waren Oma und Enkel mit dem Fahrrad unterwegs. Der Enkel hatte einen kleinen Sturz, den er so begründetet: ‚Wega dem Mann han i d'Kurv' net kriagt', worauf die Oma korrigierte: ‚Das heißt, wegen des Mannes bin ich gestürzt.' Nun wurde der Kleine wütend: ‚Ach Oma, geschtern hosch du no gsagt, des Wort ‚des' gibt es nicht!'"

Haarig

Carola Mayer aus Trauzenbach schreibt: „Unsere Enkeltochter Smilla – vier Jahre jung – kam zu Besuch. Smilla war sehr stolz auf ihre langen Haare (wega de Spängla). Der Opa nahm sie auf den Arm hoch und sagte: ‚Heidanei, senn deine Hor lang worda!‘ Darauf sagt Smilla: ‚Deine au, Opa, a ganz lang's aus deim Ohr.‘“

Oh Oma!

Eva Lindner aus Herrenberg erzählt: „Meine Mutter, eine gute Schwäbin aus Ulm, drückte sich recht unverblümt aus, wenn etwas schief lief. Sie sagte dann: ‚O Scheiße!‘ Als unsre Kinder klein waren, baten wir, in Gegenwart der Kinder diesen Ausdruck nicht zu verwenden. Einmal in einer solchen Situation, sagte sie ‚O ...‘ und hielt sich dann den Mund zu. Darauf meinte der kleine Enkel: ‚Oma, hosch Du Scheiße saga welle?‘“

Der kleine Schwob

Dorothea Berner aus Nufringen schreibt anlässlich des internationalen „Tages der Muttersprache" (am 21. Februar):

„Einer unserer Enkel verließ vorzeitig den Mittagstisch. Opa fragte ihn: ‚Wo goscht du na?‘ ‚Opa, das heißt doch, wo gehst du hin‘, korrigierte ihn unsere Schwiegertochter. Darauf sagte der Opa zum Enkel: ‚Bischt du a Schwob oder net?‘ Unser Enkel kehrte um, stand stramm vor seinen Opa und verbeugte sich wortlos. So wussten alle, dass er a Schwob isch.“

So jung schon so alt

Ursula Lorenz stellt uns dieses heitere Gedicht zur Verfügung:

Dr kloine Walter, der Naseweis-Tropf,
said: „Großbabba, du hosch jo koine Hoor am Kopf."
„Jo", said dr Großbabba, „lieber Walter,
die Hoor ganget aus, des kommt halt vom Alter."
Dr Kloine aber bleibt ruhig stehn:
„Großbabba, du hosch jo aber au koine Zähn."
Da lacht dr Alte: „Du dummer Walter,
dia gangat au aus, des kommt halt vom Alter."

Des hat dem Walterle vollauf genügt.
Ond wia 'r nach drei Dag a Brüaderle kriagt,
sei Vadder zeigt's em, da schreit dr kloi Walter:
„Do hen se ons bschissa, des isch jo an Alter!"

Nachschlag

„Als mein Großvater pensioniert wurde, kaufte er ein Haus in einer Schwarzwaldgemeinde. Meine Großeltern hatten dort immer viele Gäste", schreibt Lilian Meyer. „Als Lieblingsenkelin war ich viel bei den Großeltern zu Besuch. Es ging dort immer sehr vornehm zu. Bei Tisch wurde französisch gesprochen. Während eines Besuchs – ich war damals keine zehn Jahre alt – wurden die Nachbarskinder eingeladen. Als die Kinder fast fertig waren, fragte mein Opa eines der Mädchen: ‚Na Rosa Margarita, möchtest Du noch einen Kuchen essen?' Ihre Antwort war spontan und deutlich: ‚Han kotza müessa.' Daraufhin brach schallendes Gelächter aus."

Dia Kirschakern

Hans Jürgen Gräser erzählt folgende Geschichte: „A Büable hot mit seim Opa en dr Garta mitganga dürfa. Dr Opa hot gschafft, ond 's Büable hot sich dr weilscht selber beschäftigt. Plötzlich stoht dr Bua vorem Opa ond frogt en, ob er ihm en Kirschakern ufbeißa kennt. Dr Opa duat seim Enkale den Gfalla ond schafft weiter. Noch a baar Minuta stoht dr Bua wieder do mit dr gleicha Bitte. Wieder knackt dr Opa mit de Zäh den Kirschastoe. Wo dr Bua 's dritte Mol mit ma Stoe kommt, frogt dr Opa: ‚Wo brengscht denn du dia Kirschastoe her?' Do secht dr Bua: ‚Dromma am Gartadöhrle hot ebber en Haufa no gmacht, der voll isch mit dene Stoe!'"

Der Nachtkrabb

Peter Stantscheff aus Wiernsheim berichtet von einem Kindheitserlebnis: „Wir wohnten zusammen mit den Großeltern in einem Haus mit Garten, in dem man nach Herzenslust Versteckerles spielen konnte. Das Leben spielte sich hauptsächlich in der großen Küche ab. Da gab es eine Eckbank, in der neben vielen Zeitungen auch Spielsachen lagerten. Das war der schönste Platz, weil ich so ganz nebenbei meine Rezeptwünsche sowohl meiner Mutter, als auch der Großmutter mitteilen konnte, je nachdem. Aber irgendwann trieb es mich trotz der ‚Häfelesguckerei' raus in den Garten oder vor das Haus, um mit Freunden Ball zu spielen. Meine Mutter schärfte mir ein, dass ich spätestens um sechs Uhr abends reinkommen müsste. Da ich noch keine Uhr hatte, musste ich auf die Glocke des naheliegenden Kirchturms hören, die jeden Abend um diese Zeit läutete.
So weit so gut. Doch meine Großmutter kannte meinen damaligen Hang zum Trödeln. Sie erzählte mir mit eindringlicher Stimme, dass nach Anbruch der Dunkelheit der Nachtkrabb kommen würde. Und der holt sich dann die Kinder, die nicht hören wollen.
Ich hörte mir das zwar an, aber kaum war ich im Garten, dachte ich nicht mehr daran. Gegen Abend wurde es langsam dunkel, und die Kirchenglocke läutete sechsmal. Es war Zeit heimzukommen. Doch es war gerade so schön draußen. Da tönte auf einmal am Himmel ein schaurig krächzendes ‚Kraah, Kraaah, Kraaah' laut und unheimlich. Erschrocken sah ich in den olkenverhangenen Himmel und erkannte einen schwarzen Raben, der für mich ganz klar der Nachtkrabb war. Meine Mutter wunderte sich nur, dass ich pünktlich war, aber die Gründe dafür kannte nur ich.
Mittlerweile lebe ich in Wiernsheim, einem Ort, dessen Bewohner ‚die Raben', bzw. wie hier jeder sagt ‚d' Krabbe', genannt werden. Schon alleine wegen meiner Kindheitserinnerungen habe ich als Künstler den ‚Werschemer Krabb' modelliert, den ich stets in meiner Hosentasche als Schlüsselanhänger bei mir habe. Und jedes Mal, wenn ich bei Einbruch der Dunkelheit zum Himmel schaue, ist es, als ob es erst gestern gewesen wäre."

Em Kinderköpfle

Dia Kindrgedanka send frei. Fanget se jo net ei!

Ich tu besen!

Gusti Bück aus Holzgerlingen schreibt: „Als kleines Mädchen sagte unsere ältere Tochter immer: ‚Ich tu besen' – und nicht kehren. Eigentlich logisch."

Wo d' Kender herkommet

Martha Häfner aus Schnait/Weinstadt steuert diese schöne Geschichte zu unsrem Büchlein bei: „Meine Freundin hatte schon einige Kinder. Als es mal wieder so weit war, ging sie nach Stuttgart ins Krankenhaus, um zu entbinden, und kam bald darauf mit einem Buben wieder heim. Die Nachbarin fragte die älteren Geschwister: ‚So habt Ihr wieder a Kendle, ja wo kommt denn des her?' Daraufhin fiel es einem der Buben wie Schuppen von den Augen: ‚Jetzt woiß i, wo d' Kender herkommet: En Stuttgart holt mei Mutter Buba ond en Schondorf holt se Mädla.' Stimmt, denn dort wurden seine Schwestern geboren."

Der Zeiger im Eck

Erich Baumstark aus Weissach im Tal erzählt: „Als wir uns einmal Anfang der Sechzigerjahre auf unsere Lieblingssendung im Schwarz-Weiß-Fernseher freuten, konnten wir den Anfang kaum erwarten. Im Zimmer befand sich jedoch keine Uhr. Aus lauter Bequemlichkeit konnte sich keiner aufraffen, in der Küche auf der dort befindlichen schönen runden Küchenuhr nachzusehen, wie spät es war. So musste der Kleinste der Kinderrunde herhalten. Wir schickten ihn nach draußen. Auf seine Bemerkung hin, er könne die Uhr doch noch gar nicht, baten wir ihn, er solle uns sagen, wo sich der große Uhrzeiger befinde. Freudestrahlend kam er wieder zurück und krähte: ‚Em Eck hengt er!‘ Da wussten wir Bescheid …“

Präzise Zeitangabe

Kinder und die Uhrzeit. Dazu ist Jutta Späth aus Illingen-Schützingen eine Anekdote eingefallen, die ihr ihre Schwiegermutter erzählt hat: „Als mein Mann ein kleiner Bub war, schickte ihn seine Mutter einmal, um ihr die Uhrzeit zu sagen. Er kam zurück und sagte: ‚Dr groß Zeiger hangt iber dr kloine na.‘ Sie wusste dann: Es war halb sechs.“

Sonne oder Regen

Sieglinde Bauer erzählt von einer Heimfahrt aus dem Urlaub: „In München kündigt sich ein Wetterumschwung an. Der kleine David aber will, dass weiterhin die Sonne scheint: ‚I bet‘t jetzt fir schee Weddr!‘, beschließt er. Papa wendet ein: ‚Ja aber die Bauern brauchen Regen und beten bestimmt dafür!‘ Nun beginnen Davids Gehirnzellen zu arbeiten – er findet keine Lösung. Schließlich kommt er zu dem Schluss: ‚Ja do hot jetzt der liebe Gott a Problem!‘“

DO BLEIBSCHT JERT!

Dr Babba bebbt

Ein Beitrag von Karin Ast aus Nürtingen: „Wieder mol isch am Spielzeug von meiner Doochter ebbes heganga ond se hot's em Babba brocht, er soll's wieder macha. Drbei hot se gsait: ‚Babba, i woiß, worom mr zo dir Babba sait; weil du emmer älles wieder bäbbsch!'“

Das rollende Sanarium

Zum Kindermund fällt Rita Huber ein: „Wir setzten uns einmal im Bietigheimer Hallenbad ins Sanarium (ein kleiner Raum, ähnlich wie eine Sauna, in dem die Leute allerdings Badekleidung tragen). Plötzlich fragte meine Tochter: ‚Mama, wann fahrt des ab?' Bei Kindern muss sich halt immer was bewegen."

Der böse Tarzan

Aus seinen Kindertagen erzählt Josef Wamsler aus Schwäbisch Gmünd eine weitere Geschichte: „Mei großer Bruder Max hot so scheene bonte Comicheftle ghett, die er sich von einem Freund ausgliehe hot. Des hot sich auf mei Abendgebet ausgwirgt. Statt ‚Lass Satan uns net verschlenge', han i betet: ‚Lass Tarzan uns nicht verschlenge!'"

Der deppiche Sepp

„Mei klois Schwesterle hot lang koi oizigs Wörtle gschwätzt", erinnert sich Josef Wamsler. „Mei Mama hot scho dro denkt, drom mit ere zom Dokter zom ganga. Wie mer aber ama scheene Dag en dr Stub gsesse send, hot se auf oimol mit em Fenger auf mi, ihren Bruder Sepp, zoigt ond gsait: ‚Des Depp do'.'"

Gell, Mama …

Zwei Kindermund-Sprüche von Irmgard Abt:

„Gell Mama, beim Kartoffelsalat, den i so arg mog, muass mr se zerscht näggich macha (schälen)?"

„Mama gugg au â mol, dr Opa isch uff'm Kopf scho ganz barfuaßich (ohne Haare)!"

Die a'gschmierte Gosch

„Es war 1947 – ich war fünf Jahre alt –, da gab es in den Kaufläden so gut wie nichts zu kaufen, und die alte Reichsmark hatte keine Kaufkraft mehr", schreibt Horst Bauer. „Ein Omnibusbesitzer im Ort fuhr immer wieder nach Stuttgart, wo ein reger Schwarzhandel betrieben wurde. Einmal durfte ich mit meiner Mutter nach Stuttgart fahren. Sie traf sich mit einer Neubürgerin am Bus. Wir stiegen als Letzte ein. Die junge Frau saß gleich vorne auf der ersten Sitzbank und hielt für uns einen Sitzplatz frei. Als ich die Frau sah, schrie ich laut: ‚Mensch, hosch du aber haid dei Gosch a'gschmiert!' Die Reaktion der anderen Fahrgäste war natürlich enorm. Ich hatte wohl zum ersten Mal in meinem jungen Leben eine Frau mit Lippenstift gesehen und das zu einer Zeit, wo jeder froh war, wenn er ein Stück Brot zum Essen hatte. In Stuttgart nahm mich die Frau dann in einer Kaufhausruine diskret zur Seite und sagte: ‚Gell Horschtle, des sagschd aber nimmer zu mir!' Wenn wir uns später begegnet sind, kam sie immer lachend auf mich zu und ihre Begrüßung war dann immer: ‚Gell Horst, heut hat se die Gosch net a'gschmiert.'"

Schwesderle oder Fahrrädle

„Meine drei Söhne bekamen ein Schwesterchen", erzählt „eine Mutter aus dem Schwabenland". „Die Hebamme fragt meinen ältesten Sohn, der damals sechs Jahre alt war: ‚Hoscht a Fraid an deim kleine Schwesderle?'. Er antwortete: ‚Dui hätt' ma nemme braucht. A Fahrrädle wär mair liaber gwea!'"

Wackelzahn

„Seit meiner Jugend habe ich einen etwas abstehenden Zahn, was mich aber nicht sehr stört, denn früher gab es noch keine so Zahnspangen, wie heute", schreibt Herta Pfau aus Leutenbach. „Einmal waren wir mit einer Reisegruppe in einem kleinen Landhotel mit eigener Landwirtschaft untergebracht. Dort wohnten auch einige kleine Kinder. Sie erschienen bei jeder Gelegenheit und lauschten, etwa wenn wir sangen. Zu den Kindern gehörte auch die fünfeinhalbjährige Marie, die eine große Zahnlücke hatte. Sie sah mir eine ganze Weile intensiv auf den Mund. Plötzlich sagte sie zu mir: ‚Du Tante, hosch du au en Wackelzahn?'"

MEI SCHWESTERLE OND ZWEI MAIKÄFER GEGA DE ROLLER!

A herzigs Menschle

Rose Dierlamm aus Schorndorf erzählt eine kleinen Geschichte, „die sich vor langer Zeit ereignet hat“: „Im Sommer 1943 wurden alle Stuttgarter Schulen evakuiert, da die Bombenangriffe immer schlimmer wurden. Mein Vater war damals Pfarrer in Stuttgart-Bad-Cannstatt. Vorher war er auf der Alb in Nellingen. Was lag näher, als dort Quartier zu suchen? Wir kamen unter in der Wirtschaft ‚Zum Ochsen‘. Im Ort wurde meine damals zweijährige Schwester einmal von jemandem mit den Worten angesprochen: ‚Du bisch aber a herzigs Menschle!‘ Da brach sie in Tränen aus und rief: ‚Ich bin doch kei Mensch!‘ Kurz zuvor hatte sie gehört, wie jemand sich über jemanden anderes erregt hatte mit den Worten: ‚Des freche Mensch soll sich zom Deifel schära!‘“

Schwarze Schtrempf

Hannelore Jäckel aus Holzgerlingen hat diese Anekdote aufgeschrieben:

„Der fünfjährige Manfred ist ganz aufgeregt. Er darf zum ersten Mal zu einer Beerdigung mitgehen. Als ihm seine Mutter schwarze Kniestrümpfe anziehen will, protestiert er: ‚Wenn i dia Schtrempf aziah muass, no frait mi die ganz Leich nemme!‘“

Die Radverführung

Rosemarie Erkert aus Pleidelsheim hat folgende Enkel-Sprüche in fröhlicher Erinnerung behalten:

„I han mi heut ei'gsonnt (eingecremt)!"

„Da henta hen se heut a Radverführung (Fahrradprüfung) gmacht!"

Das Kiasoichfass am Himmel

Bekanntlich sind manche schwäbische Begriffe aus dem heutigen Sprachgebrauch verschwunden, weil auch die entsprechenden Gegenstände Vergangenheit sind. Dazu passt folgende schöne Anekdote, die Kurt Burkhard aus Böblingen aufgeschrieben hat: „Ein längst verstorbener Onkel, wohnhaft in Mönchberg, entdeckte als Kind Ende der Zwanzigerjahre des vergangenen Jahrhunderts eines Tages einen Zeppelin am Himmel. Dieses fassförmige, ihm unbekannte Flugwunder veranlasste den Buben zu dem Ausruf: ‚Muadr guck, a Kiasoichfass (Jauchefass) fliagt em Hemml rom!'"

Reife Zehennägel

„Unsere dreijährige Tochter war ganz scharf auf Erdbeeren", berichtet Hermine Ilg. „Wir mussten ihr deshalb beibringen, dass man die grünen Erdbeeren in Omas Garten noch nicht pflücken darf, sondern warten muss, bis sie schön rot sind.
An einem warmen Tag saßen wir zusammen auf der Gartentreppe, und ich lackierte mir die Zehennägel mit rotem Nagellack. Sie sah mir eine Weile interessiert zu und fragte dann: ‚Send dia jetzt reif?'"

Die spendable Tante

Mechthild Schmid aus Stuttgart erzählt vom vierjährigen „Kleingünther": „Er wusste, dass die Tante immer etwas für ihn in der Tasche hatte, wenn diese sonntags zum Essen eingeladen wurde.
Als die Tante wieder zu Besuch kam, fragte er voller Vorfreude: ‚Hascht du mir was mitbrocht?'
Die Mutter belehrte ihn, dass er nicht vorlaut fragen, sondern ruhig abwarten solle. Beim nächsten Besuch stand der Bub mit erwartungsvollen gelüstigen Augen vor der Tante: ‚I frog di fei net, ob du was mitbrocht hoscht, i ka warta!'"

Wurmige Pflaume

’s Barometer

Zwei Gedichtla des Mundartdichters Werner Veidt (1903–1992), in denen der Kindermund zu Wort kommt:

Do fragt ihr Mueder die klei’ Kathrin
Im Garte so unterdesse’:
„Mamme, in der Pflaum’ isch kei’ Wurm drin,
Kann i die eine wegesse?"

Em Lehrer sei Theobald
Kaum fünfehalb Jährle alt
Kommt zu seim Vadder mit glücklichem Strahle.
„Babbe", sait ’r, „’s Barometer isch gfalle!“
„Jo“, meint dr Babbe, „dees fällt heut no meh.“
„Nei“, sait dr Klei, „uf de Bode, ’s isch hee!“

Da Bach na

Emil Fritz aus Murrhardt hat diesen Beitrag verfasst: „Es war etwa 1964/65 in Birkenlohe. Dort war ich als Lkw-Fahrer beschäftigt. Wir saßen beim Mittagessen am großen Tisch in der Küche. Mein Chef und dessen Vater redeten über neue Anschaffungen (Mähdrescher etc.) und es wurde immer lauter. Bis der Vater meines Chefs sagte: ‚Wenn so weitermachscht, no goscht no da Bach na!‘ Ein paar Tage später, wieder beim Mittagessen, kam der kleine Sohn Wolfgang, etwa sechs Jahre alt, in die Küche gestürmt und rief laut: ‚Babba, jetzt koscht da Bach na – ’s isch net viel Wasser dren!‘“

Die Baby-Schule

Renate Rother aus Luginsland erinnert sich an einen Spruch ihres Enkels: „Oimol hend mr verzehlt, dass onsre drei Buaba en dr Hebammaschual gbora send. Do hot onser Enkale gfragt: ‚Oma, was, do hend dia scho end Schual müssa?‘“

Aushausige Eltern

Renate Rother erzählt einen „goldiga Kinderwitz“: „Am Mittagstisch frogt dr kloine Bua sein Papa: ‚Wo mi dr Storch broacht hot, wo warscht du do?‘ ‚Ha, i war em Gschäft‘, sagt dr Papa! ‚Ha, Mama ond du?‘ ‚Ja, i war em Krankahaus!‘ Druff sagt dr Kloi: ‚Ha, des han i mr glei denkt, dass wo i komma be, koiner drhoim war!‘“

Fliegen ist kinderleicht

Sieglinde Bauer hat diese Anekdote aufgeschrieben: „Der dreijährige Daniel soll einen Sehtest machen. Dazu zeigt ihm der Kinderarzt auf einer Tafel mehrere Flugzeuge, die in verschiedene Richtungen flliegen (rechts, links, rauf, runter). Daniel soll nun anzeigen, wohin diese fliegen. Er überlegt nicht lange und antwortet strahlend: ‚Ha die flieagat uf da Flugplatz!‘“

Bestellung beim lieben Gott

Hannelore Jäckle aus Holzgerlingen ist diese Begebenheit in bester Erinnerung: „Die Familie mit den großen Brüdern sitzt noch beim Abendessen. Die fünfjährige Susanne durfte schon aufstehen und zu Bett gehen. Plötzlich tönt es aus ihrem Kinderzimmer: ‚I ben grad am Bedda. Braucht no ebber ebbas?‘“

Gott ist leicht

Edeltrud Lyncker schreibt: „Da ich viele Jahre Erzieherin war, sind mir natürlich viele nette Aussprüche begegnet. Einer ist mir immer noch in bester Erinnerung. Auf die Frage eines Kindes: ‚Du, isch der liebe Gott leicht oder schwer?‘, wusste ich auf Anhieb keine Antwort. Da gab sich das Kind die Antwort selbst: ‚Der isch natürlich leicht, sonscht würde der doch durch die Wolken runterfallen!‘ Eine schlüssige Erklärung.“

Der do droba

Ein Kindermund-Gedicht des Schriftstellers Otto Keller (1875–1931), an das Irmgard Abt erinnert:

’s kloi Liesele, dui goldich Krott,
secht ällaweil „Du liaber Gott!“
Ob se verschrickt, ob se sich frait,
se secht’s bei jeder G’legaheit.
Ond wenn se sich verwondert hot,
no secht se au: „Du liaber Gott!“
Bis endlich d’ Mame secht: „Du – Kend,
dees sechscht fei nemme – descht a Send!“

Do neilich schneit’s, was ronter ka,
dia kloi nadierlich frait sich dra,
z’mol secht se: „Mame, siehsch den Schnee?
Hot „der do droba wohl no meh?“
Ob „der do droba" no meh hot?
Do secht mer doch der liabe Gott!
„Des woiß e“ secht des Kröttle g’schwend,
„doch hosch jo gsagt, „dees sei a Send!“

Der Ichgei

Eine schöne Anekdote erzählt Mechthild Schmid aus Stuttgart: „Die Tante brachte beim Besuch im Drei-Mädeles-Haus (3, 4, 5 Jahre alt) ein Bild mit, auf dem drei junge Papageien zu sehen waren. Die Vierjährige schaute sich das Bild an, deutete auf die Vögel und sagte sehr überzeugend: ‚Des ischt dr Papagei, die ischt die Mamagei ond die ischt dr Ichgei.'"

Mei liabschte Schraubanudl!

Hans Jürgen Gräser hat folgenden Ausspruch aus einem schwäbischen Kindermund im Ohr: „Der Pfarrersohn machte seiner Mutter gerne Komplimente, die in Zusammenhang mit seinen Lieblingsmahlzeiten standen. Darunter war dieses: ‚Mudder, Du bisch halt mei liabschte Schraubanudl!' Er meinte gedrehte Nudeln. Seit dem Spruch hen mir emmer drzu bloß no ‚Schraubanudel' gsagt."

Sardinen statt Heringe

„Endlich sind wir auf dem Campingplatz in Lausanne eingetroffen", schreibt Gabriele Klink. „Papa ist gerade dabei, das Zelt zu befestigen, und unsere eifrige Tochter Felicitas will unbedingt mithelfen. Papa reicht ihr den zweiten Holzhammer. ‚Kriag i au a paar von dene Sardina do näba dir?' Daraufhin reichte Papa ihr höchst amüsiert ein paar Heringe."

„So wird's sei“

Irmgard Abt erinnert an ein naseweises Gedicht des Stuttgarter Schriftstellers Otto Keller:

Zwoi Bruederla schwätzet von sell ond von dem,
z'letscht, woher dr Storch au wohl d' Kenderla nehm,
do secht z'mol dr oine: „Woher wohl ? oh je,
dass der's überhaupt brengt, i glaub's halt net meh'.“
Do druf secht dr ander: „Au i han scho denkt,
descht sicher net wohr, dass der d' Kenderla brengt.
Drom ka mir ois saga , so viel's mag ond kâ,
ans Märle vom Schtorcha – I glaub' nemme drâ“ –
„Recht hoscht“, secht sei Brueder em wichtigschta Tô(n),
„Doch ois will dr saga – Gell, schwätz nex dervo –,
sag jo nex derhoimda, denn, nemm no au â:
Dr Pappa ond Mamme dia glaubet no drâ.“

Handschuhe zum Essen

Von Elisabeth Zangenfeind aus Gärtringen stammen die folgenden Zeilen:

„Oft erzählten meine Eltern folgende Geschichte. Es war nach dem Krieg, ich war ein ganz kleines Mädchen. Wir hatten zuhause eine Gastwirtschaft. Unter unserer Kundschaft waren auch amerikanische Besatzungsmitglieder. Einer bot mir eine Banane an. Mir war diese Frucht natürlich unbekannt und ich wollte sie nicht nehmen. Da nahm der Mann die Banane in die Hand, fing an, die Banane zu schälen, und bot sie mir erneut an. Ich schaute die halbgeschälte Banane an und sagte: ‚Nein, i ess keine Hedschich (Handschuhe).‘“

Liebe ist … 4000 Kaugummi

Anita Lung hat eine kleine Sammlung von Kindermund-Sprüchen angelegt. Daraus diese drei Geschichten:

„Ich hab unserem vierjährigen Andreas mal einen herzhaften Kuss gegeben. Er wischte daraufhin heftig sein Bäckchen ab. Auf meine Frage, was er denn da wegputze, meinte er vorwurfsvoll: ‚Ha Mama, i kann doch mit koim Kuss romlaufa!'"

„An einem anderen Tag wurde ich von einer ganz ungewöhnlichen, beglückenden Liebeserklärung unseres Sohnes Matthias überrascht. Der damals Fünfjährige sagte impulsiv zu mir: ‚Mama, i mog die so arg wie 4000 Kaugummi!'"

„In einer Fernsehsendung war ein kahlköpfiger Schauspieler zu sehen. Der hat anscheinend unseren sechsjährigen Matthias sehr beeindruckt, denn als wir mit Bekannten fröhlich an der Kaffeetafel plauderten, platzte er wichtigtuerisch mitten in die Unterhaltung hinein: ‚I han amol em Fernseha en Mann gseha, der hot gar koine Hoor meh ghet – bloß no en Kopf!'"

WA GLOTZET SIE SO, ISCH EBBES?
Hauck

Eine ordentliche Familie

Hildegard Jerke hat diese heiteren Zeilen aufgeschrieben: „Es war eine Familie mit vier Buben. Beim Spazierengehen trafen sie einmal eine andere Familie mit Mädchen und Buben. Da sagte der eine Bub der Bubenfamilie: ‚Mama, die hent a Durchanander. Do sent mir aber a ordentliche Familie – mir hent lauter Buba!'"

Der Name der Blume

Eine Notiz von Gerhard Gall aus Affalterbach: „Einem Mädchen fiel beim Anblick einer früher eher seltenen Klatschmohnblüte der Name der leuchtend roten Ackerblume nicht spontan ein. So rief sie: ‚Gugg, a Feldschendmärra!'"

Dr Demmschde

Von Albrecht Siedler aus Möhringen stammt dieses Kindergschichtle:

„Der Sohn eines Kollegen hatte einmal Probleme bei den Hausaufgaben. Da sagte sein Vater zu ihm: ‚Du bisch doch dr Demmschde. Darauf der Sohn: ‚Noi, dr Max isch no demmer!'"

Stuttgarter sind keine Schwaben

„Falls ihr eine nette Kindergeschicht braucht – i han oine“, meldet sich Frau Weiß und erzählt: „Meine Tochter zog mit ihrer Familie zu mir nach Wolfschlugen. Mein Enkelsohn kam dann hier in die Schule, aber es war ihm zu ländlich, was die Sprache betraf. Nach ein paar Tagens sagte er zu mir: ‚O Oma, ben i froh, dass i koin Schwob ben. I ben nämlich en Stuttgart gebora.‘“

Das Bad in der Suppe

Ende der Sechzigerjohr isch Sölden im Ötztal no a kloins bescheidenes Bergdörfle gwea“, schreibt Albert Keller aus Nufringen. „Domols hent mir onsern erschta Wanderurlaub dort gmacht. Zur gleicha Zeit isch a Ehepaar mit seim Sohn Helmut do gwea. Oimol hent mir mitenander a Bergwanderung gmacht; zom Mittagessa send mir en era Berghütte eikehrt. Mir hent Leberknödelsupp bstellt. Des war no echte Hausmannskost: a selbergmachte Fleischbrühe mit mundgerechte Leberknödel. Die Supp isch komma, ons hot's geschmekt, bloß der Helmut isch über seim Deller gsessa ond hot net essa wella. Da hot sei Mutter gsait: ‚Helmut, des ischt a guate Supp, die muascht essa, so lang se no warm ischt!‘ Der Bua hot sei Mama angguckt ond g'antwortet: ‚Mama, die Brüh sieht aus wie onser Badwasser am Samschdech obed, wenn mir ferdich send.‘
Domols hot mr no mit Seife da Buckel gwäscha, deshalb wared emmer Flöckla em Wasser. Über die betretene Gsichter vo de Eltern braucht mr nix saga.“

GELL MIR, SIND KOINE SCHWOBA MEI RAMMLER!

Kindles-Versla

Wenn d'Erwachsene wie d'Kendr schwätzet

Gottlieabele, Gottlobele

Dieses Kindersprüchle stammt aus dem Erinnerungsschatz von Gotthard Eitel aus Waiblingen:

„Gottlieabele, Gottlobele,
was mached deine Gens?
Diea pfludered ond pfladered
ond wäsched ihre Schwenz!“

Dorothea Wild aus Remshalden kennt das Sprüchle so:
„Gottliabele, Gottlabele,
was machet deine Gens,
sie pfluderat, sie pfladeret
on wacklet mit de Schwenz.“

Ebbes

Franz Gehrke aus Winnenden erinnert sich:
Bei ons hot mr äls zu ganz naseweise Kender, die oim a Loch en dr Bauch gfragt hent, gsagt: ‚Ebbes mit zwoi Bäbbes!‘“

Hammele mäh

Christine Gründler aus Gärtringen und Jutta Franck zitieren einen beliebten Kindervers von früher:
„Hammele mäh, wo bisch g'wäh? Uf dr Waid!
Was hosch g'seh? Viele, viele Hammele mäh!“

Heile, heile ...

Ein bekannter Kinder-Trostspruch, aufgeschrieben von Gertrud Glaser aus Herrenberg:

„Bei os em Fläcka hot's koase: ‚Heile, heile Säaga, drei Dag Räga, drei Dag Schnee, ond bis übermorga duet's nemme weh!‘“ Frau Glaser fügt hinzu: „Oser Vadder hot Jod em Verbandskaschda kheet. Wenn mir Kender nogafalla send, hot mai Vadder bloß fraga derfa: ‚Soll mr Jod nah doa?‘ Wenn mir Jod kairt henn, ho os nix mehr woi dau ...“

Jutta Franck kennt eine andere Version des Sprüchles: „Heile, heile Sega, drei Dag Rega, drei Dag Schnee, duod's meim Schätzle nemme weh.“

Schulspruch

Ella Schwarz aus Steinenberg hat aus ihrer Schulzeit diesen Spruch behalten:

„Sechs mal sechs isch 36
Lehrer putz dein Zenka fleißig,
Lehrer putz dein (Pferde-)Schwanz,
morga isch Vakanz (frei)."

Male ond Weible

„Früher spielten Mädla ond Buaba getrennt, sie hatten auch verschiedene Spielansichten oder -formen", erklärt Rolf Schippert. „Mädla spielten mit Puppen, weil sie damit auf ihre späteren, häuslichen Aufgaben vorbereitet wurden. Buaba spielten mit Autos und technischen Dingen. Wenn einmal von den anderen Kindern beobachtet wurde, dass a Mädle ond a Bua mitanander gspielt hend, no hen dia glei en Sprechgsang a'stemmt: ‚Male ond Weible kochad sich a Breile, ond wenn ses nemme megat, no gean ses em Seile (dem Schweinchen).'"

Babba guck!

Wilfried Noller aus Murrhardt erinnert sich: „Als kleine Kinder fuhren wir mit dem Schlitten kleine ‚Biggala' runter und riefen: ‚Babba guck! Uf am Bauch, ohne Heba, mit Riebelessupp!'' Die ‚Riebelessupp' war in diesem Fall ein kreisförmiger Schwung als Abschluss, oft ließ man sich dann noch vom Schlitten in den Schnee rollen."

Zahlaliedle

Christa Dietz aus Ötisheim zitiert ein „Zahlaliedle, das meine Mutter uns immer vorgetragen hat":

‚Laura, Laura setz dich aufs Sofa
Laura, Laura, setz dich zu mir.
Refrain: Ond a Neinaneinzig
ond a Achtaneinzig ond siebna-,
sechsa-, fenfavieraneinzig,
ond a Dreianeinzig ond a Zweianeinzig
ond a Oisaneinzig ond a Neinzig.
Laura, Laura setz dich aufs Sofa
Laura, Laura, setz dich zu mir.
Ond a Neinaachzig ond a Achtaachzig ...'

So wird runtergezählt bis null.

Nudele Nudele

Aus dem Erinnerungsschatz von Irmgard Abt stammt dieses Kinderversle:

„In der Puppenbäckerei
Nudele – Nudele – Kuchen-
darf i mal versuchen?
Ei wie lecker, ei wie fein,
bäckt 's Puppenmütterlein!"

Es schneielet

Sehr beliebt und oft wiedergegeben – so von Ralf Schubert aus Ehningen – ist folgendes Kinderversle:

„Es schneielet, es schneielet,
die alten Weiber beielet.
Sie hüpfen in der Küche rum
ond schmeißen alle Häfele um."

Guggusele

„Es gibt nichts Schöneres, als Zeit zu haben, um die Kinder in aller Ruhe ins Bett zu bringen", meint Irmgard Abt. „Oft haben sich meine Kinder amüsiert, weil ich beim Vorlesen eingeschlafen bin: ‚Babba, Babba gugg! D' Mama schloft vor os!' Dazu passt folgendes Gedicht des Mundartdichters Bruno Gern:

„Guggusele-Guggusele
schlupf gotteg-gotteg nai,
du Zamsele, du Zusele
ond laß dei zaabla sei!

Mach zua dia liabe Lädele,
dia Aeugle gar so blo"
sait's Müetterle zum Mädele
ond laits anander no.

Und bettet's Doggabäbele
no weng dr'neabet na

ond sait: ‚Jetzt hälscht dei Schnäbele,
weil's sonscht it schlofa ka.'

‚Du Liabs, du Butziwaggele,
ond geischt mir no an Schmatz,
no kriagscht du moan a Gaggele
ond bischt du's Mammes Schatz!'

Drauf beattet se a bissele
no etlich Mäule vool
ond druckt's gar nei e's Kissele:
Schlof wohl, du Liab's, schlof wohl!'"

Bibliografische Information der Deutschen Nationalbibliothek.
Die Deutsche Nationalbibliothek verzeichnet diese Publikation in der Deutschen Nationalbibliografie; detaillierte bibliografische Daten sind im Internet über http://www.dnb.ddb.de abrufbar.

ISBN 978-3-7630-2713-2

Redaktion: Jan Sellner (StN); Dirk Zimmermann
Illustrationen: Peter Ruge
Gestaltungskonzept: Buchherstellung Ulrich Dotzauer, Stuttgart
Reproduktionen: Zanotto Silverio & C., Tezze, Italien
Gesamtherstellung: Print Consult, München

FSC
www.fsc.org
MIX
Papier aus verantwortungsvollen Quellen
FSC® C084279

Die Serie „Auf gut Schwäbisch“ erscheint in den Stuttgarter Nachrichten und ihren Partnerzeitungen.

Alles drin, näher dran
STUTTGARTER NACHRICHTEN

Backnanger Kreiszeitung
Murrhardter Zeitung
Kreiszeitung Böblinger Bote
Fellbacher Zeitung
Gäubote
Nürtinger Zeitung
Mühlacker Tagblatt
Kornwestheimer Zeitung
Rems-Zeitung
Schorndorfer Nachrichten
Vaihinger Kreiszeitung
Marbacher Zeitung Bottwartal Bote
Waiblinger Kreiszeitung
Wendlinger Zeitung
Welzheimer Zeitung
Sindelfinger Zeitung
Winnender Zeitung
Sindelfinger Zeitung Böblinger Zeitung